吉祥寺よろず怪《あや》事《ごと》請《うけ》負《おい》処《どころ》

結城光流

角川文庫
20306

目次

一話　黒ムシと春告げの梅

校門からレンガ造りの校舎までつづくケヤキ並木は、どの樹も立派でまっすぐのびている。

ケヤキは武蔵野《むさしの》市の市民の木なのだと、この大学に入ってから知った。

「うんうん。元気な樹はいいよ」

木漏れ日の落ちている石畳を歩きながら、保《たもつ》は満足そうに頷《うなず》いた。

道の両側につづくケヤキ。青々とした若葉、苔《こけ》むした太い幹。風が吹けば若葉が揺れ、さわさわと葉擦れがこだまして、目にも耳にも涼しい緑の季節だ。

明るい緑色が目に優しい。爽《さわ》やかな風がはらむ緑の匂いが心地いい。

そんなとき、この爽やかな情景に似合わない叫びが聞こえた。

「あっ、いた！　待ってくれ、たもっちゃん！」

「…………」

保は待たずにすたすたと歩いていく。

声の主は、同じ高校から進学してきた広崎《ひろさき》だ。

同じクラスになったことがあるのは高二のときだけで、取り立てて親しかった覚えもないが、彼はやけに親しげに接してくる。

「たもっちゃん、待てって！」

声が近づいてくる。どうやら保めがけて走っているようだ。

並木の前で固まってしゃべっていた女の子たちが、保の後ろのほうに顔を向けた。

「陽太《ようた》ー、どうしたのー？」

「ちょっとねー」

保はそうっと、肩越しに振り返った。

広崎が女の子たちに囲まれている。

「さっき綾《あや》が文句言ってたよー。昨日約束すっぽかされたって」

「えー、すっぽかしてないよ、ちょっと遅くなったらもういなくってさー」

「謝ったほうがいいよー。かなり怒ってたもん」

「マジで!?　わかった、サンキュ」

「このあとヒマ？　みんなでお茶するんだけど、陽太も来ない？」

「今日はムリだー」

広崎は人好きのする顔で適当に受け答えしている。

「もー。じゃ、明日《あした》ね」

「いいよ。じゃ明日」

ぱたぱたと手を振って、広崎は彼女たちと別れてまたこっちに駆けてくる。

肩越しにそれを眺めていた保は、感心した。

「さすが……」

親しくはないが、知ってはいる。

広崎陽太はモテるのだ。高校ではバスケ部のレギュラーで背が高く、そこそこ整った顔立ちで、人懐こくて爽やかだし、調子が良くて話もうまいから、とにかくモテる。高校時代モテていた彼は、大学に入ってもやはりモテているらしい。

そして彼は、来るもの拒まずの自称博愛主義者だった。ただの女好きなのだが、それを許せてしまう雰囲気がある男なのだ。

呟《つぶや》いた保の肩を、追いついた広崎ががしっと摑《つか》んだ。

「呼んでんだから待っててくれたっていいだろ、冷たいなー」

タイミングよく陽が翳《かげ》ったのか、周りがうっすら暗くなった。

まるでいまの俺の心そのままだと思いながら、保は深々とため息をついて、仕方なく体を向ける。

「で、なに？」

広崎は拳《こぶし》をぐっと握りしめた。

「ムシが出るんだ」

「は？」

「羽アリが出るんだ、なんとかしてくれ」

そう言って、広崎は顔の前で手を合わせた。

「毎晩どっかから入ってくるんだよ。助けてくれ、たもっちゃん！」

拝まれた保は、半眼で唸《うな》る。

「……とりあえず、その呼び方はよせ」

「えっ、なんでだよたもっちゃん」

お前とはそんなに仲良くないからだよと胸の中で唸りつつ、当たり障りのない答えを探していた保と広崎のところに、さっきの女の子たちが追いついてきた。

「なにしてんの、陽太」

「羽アリがどうとか聞こえたよ？」

「そうなんだよー。うちの部屋に羽アリが出んのよ。どっから入ってきてんのか全然わかんないんだわ」

広崎の言葉に、女の子たちはきゃー気持ち悪いやだーと、甲高い声をあげる。

「俺だってやだよ。だからたもっちゃんに助けてって言ってんの」

そろそろと逃げようとしていた保は、広崎に腕を摑まれた。女の子たちに気がいってると思ったのに、周辺視野で見てやがったのか。

女の子たちは本気で嫌そうに顔を歪《ゆが》めている。

「早くなんとかしたほうがいいよ」

「そんなの、アリ退治のなんとかいうのがあるじゃない」

「陽太、なんで……ええと、何くん？」

初対面の相手に訊《き》かれて、保は仕方なく答える。

「……丹羽《にわ》」

「丹羽くんになんで羽アリ？」

もっともな疑問だ。

広崎はにやっと笑った。

「だってこいつんち、庭師だもん」

「は？」

目を丸くした一瞬のちに、彼女たちはけたけた笑い出した。

「えー、丹羽くんで庭師？」

「冗談じゃなくて？」

「庭師の丹羽くん、なんかおもしろーい」

「だから羽アリかー」

ツボに入ったらしく、女の子たちはひたすら笑っている。

彼女たちと一緒に笑いながら、広崎は調子よくしゃべり出した。

「ほんとおもしろいよなー。あんまりつるんだりしなかったんだけどさ、庭師の丹羽ってのがすげぇインパクトで、もう忘れらんなくてさー」

「そーかい」

半眼で相槌《あいづち》を打つ保に、広崎は真剣な顔でまた拝んできた。

「庭師だったら羽アリなんとかする方法くらい知ってるよな、頼む、助けてくれ！もう俺ノイローゼになりそうなんだよ！」


「ったく、ノイローゼにでもなんでも勝手になれってんだよ」

羽アリ退治のプロのテクを調べてくれ、やってくれるだろ、ありがとな期待してるぜたもっちゃんなんせ庭師で丹羽だもんな。

と、勝手に話を進めた広崎は、じゃあ明日までによろしく、と勝手に決めつけて、やっぱりお茶くらい飲んでくわと言って女の子たちと行ってしまった。

「あいつ、あんな強引だったっけ？　前はもう少し思いやりがあった気がするんだけどな……」

目をすがめて首をひねりながら、保は家路を急ぐ。

「だいたい、庭師庭師言うんじゃねぇよ！　造園家とかガーデナーとか、いっくらでも言いようがあるんだよ！」

植木屋でも植樹屋でもいい。作庭家とかトピアリー職人とか、ああそうそう、古くは園丁とも言われた。

しかし、なじみがいいのはやはり。

「……庭師か」

深々と息をついてがくりと肩を落とす。

大学を出て五日市《いつかいち》街道を東に進み、八枝《やえだ》神社の角を曲がって大正《たいしょう》通りに出る。東急《とうきゅう》に向かって歩き、カフェレストランの角を左に曲がって少し入ったところが、大叔父《おおおじ》の店兼住居だ。

大叔父はガーデンショップを営んでいる。にぎやかで人の多い吉祥寺《きちじょうじ》の街中とは思えないほど静かな場所だ。道路と敷地の境界線に背の低い樹を何本も植えた生垣になっていて、店の入口まで白い砂利と、敷石がつづいている。

向かって左側はアルミフレームの温室だ。強化ガラスがはめられていて、採光は申し分ない。整然と並んだスタンドには、ポット苗や鉢植えなど、ガーデニング用の植物がたくさん並べられている。

温室の中で鉢を手にしていた老人が、保に気づいて手を止めた。

「おう、お帰り」

「草《そう》じいちゃん、ただいま」

大叔父の草次郎《そうじろう》だ。帽子のつばを後ろにしてかぶり、首に使い古したタオルをかけている。服装はチェックのシャツに乗馬ズボン。シャツは何枚もあって全部だいぶ古くなっているが、着なれていて作業がしやすいらしく、大概これを着ている。

温室の前を通って、店の入口のガラス引き戸を開けると、ガーデニング用品を棚に並べていた草次郎の息子が笑顔になった。

「たもっちゃん、お帰り。早かったね」

葉月《はづき》も草次郎と同じチェックのシャツと乗馬ズボンだ。

「うん。ただいま葉月ちゃん」

保とよく似た雰囲気の葉月は、大叔父の子どもだから、保の父と従兄弟《いとこ》同士なのだ。保と葉月の間柄は、いとこ違いと言うらしい。もっと難しい言い方をすると従叔父なのだそうだが、保にとっては親戚《しんせき》の葉月ちゃんだ。

保は来客用の古い革張りソファに乱暴に倒れ込んだ。葉月が瞬《まばた》きをする。

「どうした、たもっちゃん」

「聞いてくれよ葉月ちゃん、俺は今日また自分の苗字《みょうじ》を呪った！」

細かいところはわからないまでも、大体のところを察した葉月は、あはははと軽く笑う。葉月も丹羽姓だから、言われてきたことはほぼ同じだ。

「庭師の丹羽なんて、できすぎてるからねー」

「なんでじいちゃんたちはほかの仕事を家業にしなかったのか……！」

額に青筋を立てて拳を握り締める保の背を叩《たた》いて、葉月は苦笑いだ。

「久々に荒れてるね。どうした？」

「仲いいわけでもない同じ高校だった奴に羽アリ退治の方法訊かれるし、よく知らない女どもになんか笑われるし」

「あははは、なるほど」

葉月は細かいことをあまり気にしない性分なので、庭師の丹羽と言われても保ほど憤ることなく人生を過ごしてきた。しかし、憤らないからといって何も考えないというわけではない。

保の心情は充分理解できるし、共感もする。

「まぁ、仕方ないよ。これが俺たちの運命さ」

「丹羽氏が庭師で何が悪いっ！」

がなったところに、事務所のドアがあいて、紺色のカットソーに乗馬ズボンという出《い》で立ちに書類を挟んだボードを手にした、三十歳くらいの男が出てきた。

「保、うるさい」

ついでにボードの角で頭を軽く小突かれた。

「い、痛い、地味に痛い……」

涙目で頭を押さえて起き上がり、保は低く唸《うな》った。

「痛いよ、啓介《けいすけ》さん」

訴えに対して、啓介は表情をまったく変えない。しかし、それほど怒っているわけではない。そもそも啓介が感情を昂《たか》ぶらせて怒るところを、保は見たことがない。

「店に鞄《かばん》を放り出すな、客用ソファを私物化するなと、何度言っても理解しないほうが悪い」

「う…っ」

正論過ぎて太刀打ちできない。

「ついでに、帰ったら手を洗って着替えて手伝いをする決まりじゃなかったのか」

じろりと睨《にら》まれた保は渋々立ち上がる。

啓介の目はやや吊《つ》り上がり気味だ。襟足より長い髪を縛って前に流す変わった髪型で、前髪も長めで左目にかかっている。細面で痩身《そうしん》なのもあって、ぱっと見ちょっと狐っぽい感じがする。さらに、百七十をなんとか超えた保より背があるので、見下ろされて睨まれると迫力充分だ。

「……そうでした」

放り出していたボディバッグを引きずって、二階の居住スペースの一角にある自室に向かった。


保の実家は八王子《はちおうじ》だ。吉祥寺にある大学まで通いきれない距離ではなかったのだが、部屋はあるからうちに来いと大叔父が言ってくれたので、甘えることにした。

大叔父の草次郎は吉祥寺の一角に構えた、ガーデンショップに住んでいる。一階が店舗スペースで、二階が居住スペースなのだ。

先ほど保を小突いた久世《くぜ》啓介は、十年ほど前からここに住み込んでいる職人だ。いまや家族同然で、葉月や保にとっては頼れる兄貴分だ。

啓介に初めて会ったのは確か、彼がここに住み込む前だった。保は七歳かそこらだったように思う。そして彼の見た目はその頃からほとんど変わっていない。

草次郎に言わせると、あれは十代の頃からあんな感じでちっとも変わらん、そうだ。

啓介の第一印象は、何を考えているのかわからないおっかない人、だった。

いまでは笑い話だが、あの頃は本当にそう思っていた。ちなみに草次郎も葉月も、昔の啓介は考えていることがよくわからない奴だったと言っていたから、そう思っていたのは保だけではなかったようだ。

その何を考えているのかわからないおっかない人は、現場でちょこまかして、切った枝や落ち葉に足を取られてよく転ぶ保を危なっかしいと思ったらしく、気づくと近くにいて、転びかけるたびに摑《つか》まえてくれるようになった。それに気づいてからは、おっかない人から優しい人のカテゴリーに移動した。

あれから十年以上経っているが、啓介の考えていることがわかりやすくなったかというと、実はそうでもない。

啓介はもともと感情の起伏が乏しい質《たち》なのだ。笑いもするし冗談もたまに言うのだが、親しくない人にはそれが伝わりにくい。彼を良く知らない人間からは、あの人はいつも怒っている、というあらぬ誤解を受けることが多いらしい。

その誤解をいちいち解くことをしないのは、きっと面倒だからなんだろうなと、保は思っている。

丹羽家の人々が本当のところをわかっているから、彼はきっと気にしていないのだ。

着替えている最中、カレンダーが視界に入った。ここに来てからそろそろ一ヶ月半になる。草次郎と啓介との三人生活にもだいぶ慣れた。

草次郎の一人息子である葉月は、七年前結婚と同時に独立している。彼は毎日西荻《にしおぎ》の家から出勤してくるのだ。

ちなみに大叔母《おおおば》の文月《ふづき》は五年前に亡くなった。女手のなくなった家は、少し大変だったようだが、最近やっと落ち着いてきたという。

進学を機に、保が吉祥寺の丹羽家に来ると決まったとき、まあなんとかなるさと大叔父は笑っていて、どうにかなるよと啓介も頷《うなず》いていた。

どう考えても、なんとかなりそうにもどうにかなりそうにも、感じられない空気がそこにあった。

保の母は、ため息をついて据わった目をした。そして、翌日より保は母からあらゆる家事のスパルタ教育を受けさせられた。

炊事洗濯掃除は言うに及ばず、アイロンがけに靴磨きまで、母が家でやっていることを徹底的に叩き込まれること一ヶ月ちょっと。それはもう大変で、毎日恨み節を炸《さく》裂《れつ》させたものだ。が。

ここに来て、ご飯にふりかけと梅干、乾燥わかめを入れただけの味噌《みそ》汁《しる》、適当に剝《む》いただけの山盛りキャベツ、という夕食を前にしたとき、保は母に心から感謝した。

そして、それなりにおいしい料理を作る料理人を手に入れた草次郎と啓介も、保の母に心から感謝した。

保がいま使わせてもらっているのは、昔葉月の部屋だった場所だ。

ここに住むにあたり、保は祖父と幾つかの取り決めをした。

大学から帰ったら、大叔父《おおおじ》の店であるガーデンショップの手伝いをすること。

学校が休みの日は朝から仕事を手伝うこと。

用事があるときは事前に申告すること。

学費と最低限の生活費以外は働いて稼ぐこと。つまりは、ガーデンショップで真面目に仕事をして、働きに準じた給料を得ること。

ほかにも細かいものがいくつかある。

大学で親しくなった連中にこんな話をすると、気の毒がられたり笑い飛ばされたり、お前んち堅すぎだよと半分呆《あき》れられるのだが、家風なんだから仕方がない。

何しろ代々職人の家柄だ。職人というのは、頑固で筋が通っているものなのだ。

店を手伝うときは、保も作業着になる。といっても店の制服があるわけではない。

ボタンのシャツでも長袖《ながそで》のカットソーでもなんでもいいが、ずるずるとした丈の長いだらしがないものはだめ。下は作業がしやすいように乗馬ズボン。ときには地下足《た》袋《び》もはくが、ワークブーツやスニーカーでもいい。

その辺りは、保の祖父耕一郎《こういちろう》が社長をしている八王子の造園会社と同じだ。

会社名は『栽園《さいえん》』という。

丹羽耕一郎の自宅と会社は八王子だが、丹羽家は代々吉祥寺に居を構えていた。いま草次郎の店があるこの場所だ。

八王子の家は、もともとは耕一郎の妻で保の祖母、咲《さき》の生家だったのだ。

咲の生まれた重森《しげもり》家も造園家で、植木や苗木を栽培する山や土地を持っていた。重森家のひとり娘だった咲と結婚した耕一郎は、会社を八王子に移し、もともとの土地は弟の草次郎に引き継がせた。

草次郎は、土地とうわものを継いでから、八王子の会社との差別化を図った。あちらは大掛かりな作庭や植木苗木の育成、環境の緑化研究など、大口の仕事を主に請け負っている。対して吉祥寺の店は、個人宅の植木の剪定《せんてい》や、草木の種や苗や肥料、ガーデニング用品の販売といった個人向けに切り替えた。

十年前に住居兼店舗の古い建物を改築して、店舗名を『栽－ＳＡＩ－』に変更した。街の雰囲気に合わせてみたんだけどおかしくないかしらと、文月がはにかんで笑っていたのを保はよく覚えている。

最近では昔ながらの日本庭園だけでなく洋風の庭も手掛けている。評判はそこそこ良くて、昔なじみのお得意さんから、口コミで問い合わせてくる御新規さんもそれなりにいる。草次郎をはじめとして職人たちの腕が総じて良いからだろう。

保もいつかはそうなる予定だが、いまは半人前どころか八分の一人前になれるかどうかというところだった。

着替えた保が店舗に顔を出すと、タイミングよく電話が鳴った。

一番近くにいた保が受話器を取ると、なじみの同業者からだった。

コードレスの子機を持って温室の草次郎に告げる。

「草じいちゃん、北村《きたむら》さんから電話」

「うん？」

保から子機を受け取った草次郎は、鉢を指しながら小声で言った。

「あと頼むわ」

「わかった」

草次郎は先日まいたハーブの小さな芽が出ている鉢に水をやっていた。全体の半分まで終わっていたので、残りの鉢に水をやる。

スタンドに並んだ鉢は、スイートピーやカーネーション、カンパニュラ。マリーゴールドは花盛りだ。こちらは実は売り物ではない。

「きれいに咲くんだよー」

声をかけながら水をやり、虫がついていないかを確認する。いたら茎や葉に傷をつけないように取り除く。

何気なく下を向いた保は、エサを見つけたらしいアリが地面に行列を作っているのに気づき、思い出したくもなかったのに広崎のことを思い出してしまった。

「羽アリ、ねぇ……」

そんなもの、アリ用の駆除剤でも使えばいいだろう。うちの店でも扱っている。虫にお困りの際は『栽』へどうぞ、と営業してやれば良かったか。

「入り込んでくるってことは、隙間があるってことなんだし、見つけてふさげばいーじゃないか」

あとは、竹酢液や木酢液を薄めてまくとか、網戸にエッセンシャルオイルのシトロネラやペパーミントをスプレーするとか。

たぶん、いまの時季は羽アリが巣立ちをして飛行移動するので、広崎の住んでいるところが運悪くアリの通り道になってしまっているだけだろう。

「これくらい、ちょっと調べりゃすぐわかるぞ、広崎め」

据わった目でぶつぶつ呟《つぶや》いていた保は、生垣の陰から温室を覗《のぞ》いている子供に気づいた。まだ幼稚園くらいの女の子だ。樹と樹の間から、温室の中の植物をじっと見つめている。

どこの子だろう。

保が気づいたことに気づいた女の子は、慌てた様子で駆け去っていった。

首をひねりながら水やりを終えて、温室に施錠して店に戻ると、草次郎たち三人が来客用のソファセットに座って話し込んでいた。

入って右の窓際には観葉植物の鉢が並び、Ｌの字型に設置されたソファとテーブルセットの後ろの壁は、作庭やガーデニング関連の本を収めたラックになっている。自宅の庭園造りや庭木の手入れ、虫対策など、直接店舗を訪れてきた客との相談や商談のためのスペースだ。

店の左側はガーデニング用品。

生垣の隙間から観葉植物が見えるのと、温室があるためだろう、時々生花店と勘違いをした客が来る。ここでは切り花は扱っていないと告げると、大概は間違えたことを詫《わ》びながら出ていく。たまに、素焼きの鉢や小さなスコップに目を留めて購入していく人もいる。

種を見て、育て方を尋ねられることもある。中にはそのまま話が弾んで、家の庭に手を入れてくれということになったりもする。

めぐり合わせというのは不思議なものだ。

「たもっちゃん、俺たち奥で打ち合わせしてくるから、店番よろしく」

葉月に頼まれて、保は頷《うなず》いた。

「……なんだ？」

「わかった」

事務所に向かう草次郎と啓介がやけに硬い面持ちをしているのが気になったが、訊《き》くことはしなかった。必要だったら話してくるだろう。

平日は大抵来客はない。床をはいたり、窓やテーブルを拭《ふ》いたりといった掃除や、ラックの本を種類別に並べ直したりといった雑務が終わると、ほかにすることはない。

「勉強でもするかなー……」

ふと思い立ち、保はラックから害虫対策関連の本を何冊か抜いた。

「俺、なんて親切」

ほっとけばいいのにと、頭の中で呆れたような声が聞こえた。しかし、そうした場合、広崎の性格を考えると絶対にうるさくつきまとってくるに違いない。親しいわけではないが、そういう場面を何度も見ているので確信できる。

適当に策を教えたほうがあとが楽だ。一応感謝をされて、それで終われる。

「羽アリ、羽アリ、と……」

本をめくっていた保は、視界のすみで何かが動いた気がして顔をあげた。生垣のところで温室の中を覗いている子供が見えた。さっきの女の子だ。

「んー？」

怪訝《けげん》に思った保は、本を持ったまま店のドアを開けた。

「何か…」

と、子供ははっとした顔をして、またもや逃げるように走り去ってしまった。

のばしかけた手の行き場を失った保は、指をわきわきと開閉させながら困惑気味に呟いた。

「おにいさんは、あんまり怖くないよ……？」

◇　◇　◇

翌日、なんと広崎は大学の門前で保を待ち構えていた。

「おお、たもっちゃん！　おはよう、待ってたぜ！」

保はげんなりとしながら返した。

「……そーかい」

会った途端に無性にいやーな気分にさせてくれるとは、考えようによってはすごい奴だ。これが可愛い女の子だったらいいのになーと現実逃避したくなったが、意味がないのでやめた。

「一応調べてきた」

「ありがとうたもっちゃん！　心の友って呼ばせてもらうよ！」

「やめろ、気色悪い」

「つれないなぁ」

　がっかりしたそぶりをしてみせる広崎に、保は幾つかの策をメモしたルーズリーフを渡す。

　昨日別れ際にメールアドレスを交換しようと言われたのだが、メールを打つのが面倒だからと断った。これは本当で、保はほとんどメールをしない。

「ありがとな、たもっちゃん。試してみる」

　ほっとした顔で笑う広崎に、そうしてくれと保は応じた。

　この件はこれで終わった。


　終わったはず、だった。

「何やっても全然効果がないんだぜ、どうしてくれんだよ」

　目の下にクマを作った広崎が、げっそりとした顔で保の前に立ちはだかったのは、ルーズリーフを渡してから五日ほど経ってからだった。

「日に日に増えてくんだよ、もう俺おかしくなりそう」

風呂《ふろ》でもトイレでも、気づくと羽アリが、ときには女王アリが落ちてきたり、壁や床を這《は》っている。

彼が住んでいるのはアパートの二階なので、駆除剤は使ってもあまり意味がない。そもそも羽アリは移動してくるので、巣を作るアリを駆除する薬剤では用途が違う。できる限りの隙間はふさぎ、アロマオイルや木酢液も買ってきて、入ってきそうなところにまいてみたというが、一向に効果が見られないという。

「管理会社に苦情入れたら、生き物だしそういう季節だからどうにもならないって冷たいもんでさ」

「そりゃそうだろう」

いまくらいの時季は羽アリが飛ぶ季節なのだ。

保はふと首を傾げた。

「まさかと思うけど、それシロアリじゃないだろうな」

念のために問うと、管理会社からそれはもう確認されたそうだ。

「さすがに間違えねーよ。どう見ても黒アリ、その辺にいるのに羽が生えただけ」

ちょうど道端を黒アリが這っていたので、広崎はそいつを指差しながら不機嫌そうに吐き捨てる。

「ほかになんかないのかよ」

ふと、広崎の人相が変わってきたなと思った。ああ、頬が少しこけてきているからか。日増しにイライラが募ってもいるのだろう。

こっちまで心がすさんでくる気がする。

「と、言われてもなぁ。そういう時季だからってのは本当だし。少ししたらいなくなるだろうから……」

「それまで我慢しろって!?　勘弁してくれよー」

頭を抱えた広崎は、あやのところにころがりこむかなと聞こえるか聞こえないかくらいの声で呟《つぶや》いた。

「ま、頑張ってくれ」

これ以上保にできることはないので、話は終わりと言外に伝えて背を向ける。

広崎は保を恨みがましい目で見ながら低く唸《うな》った。

「でもなぁ、綾より麻巳《まみ》ちゃんのほうがいいか…」

大学の近くにはフランス菓子のパティスリーがある。白い壁にアイビーが伝い、南仏のような趣と雰囲気を漂わせている店だ。二階がイートインスペースになっていて、少し長い時間レポートを書いたり本を読んだりしていても咎《とが》められることがなく、居心地がいい。近隣の主婦もよく子供連れで訪れている。

草次郎や葉月は結構甘いものが好きで、いつも三時におやつの時間を設けている。今日はあそこのケーキを買って帰ろうかなと考えていた保は、門を出たあたりで呼び止められた。

「丹羽保くん？」

「はい？」

反射的に振り返った保は、そのままほけっと口をあけた。

パステルカラーの小花が散った柔らかそうな生地のワンピースにロングカーディガンをまとった、いまどき珍しい、清楚《せいそ》な雰囲気の美人だった。

「ごめんなさい、急に呼び止めて。あの、このあと時間ある？」

見覚えがある。確か一学年上の美人だ。名前は確か。

「あ、私、文学部二年の芳垣香澄《よしがきかすみ》と言います」

知ってます、と言いそうになって、慌てて言葉を呑《の》みこむ。

「はぁ…」

なんとも間抜けな相槌《あいづち》だと、保は自分が情けなくなった。

「ちょっと、相談というか、話を聞いてもらいたいんだけど…、いい？」

何がどうなってこんなことになっているのかさっぱりわからなかったが、美人の頼みを断れるほど、保は冷たい男ではなかった。というよりも、美人とご一緒できる機会などそうそうないので、降ってわいたチャンスは活《い》かすべきだと、保の心が全力で訴えていたのだった。

そのまま話をするには、校門前は人通りが多く落ち着けない。

引かれるかなと一瞬迷ったが、保は香澄をパティスリーに誘ってみた。すると彼女は応じた。

「丹羽くんが良ければ。A.K Labo は私もよく行くの」

そう笑う香澄はとても魅力的で、こんなにきれいな人と一緒にお茶を飲めるなんて滅多にないチャンス。保の人生はじまって以来のビッグイベントだ。

どんな相談をされるのかは、この際横に置いておく。

一階でドリンクを注文し、二階のカフェスペースに上がる。レポートを書いている らしい女の子と、本を読んでいる女の子がひとりずつ。四人がけのテーブルに近所の主婦らしい三人組がいて、楽しそうに話をしている。

一番奥のソファ席に相向かいに座った保と香澄は、とりあえずドリンクを口にした。

保はアイスのカフェオレで、香澄は季節の紅茶だ。

「……広崎くんから聞いたんだけど」

「はい？　広崎って、広崎陽太？」

香澄は頷《うなず》く。保は思わず天井を仰いだ。

おのれ広崎、こんな美人とも親しいとは、なんてうらやましい奴なんだ！

「一昨日《おととい》だったかな、広崎くんが、羽アリで困ってるって言ってて」

「ああ、言ってましたね、はい」

奴め、あちこちで騒いで同情を買おうという魂胆か。そして大概の女の子たちはそれに乗るんだぜ、ああうらやましい。

「丹羽くんに撃退法を聞いてあれこれ試してるんだけどなかなか効果が出ないって。そういう仕事のお家《うち》なのに」

「……はぁ」

そんなことまであちこちに吹聴《ふいちょう》してるだと。営業妨害になったらどうしてくれる。

明日《あした》抗議しようそうしよう。

半眼でストローをかじる保に、香澄は確認する口調で言った。

「丹羽くんの家、植木屋さんなんですって？」

保はひとつ瞬《まばた》きをして、目を泳がせた。

「……うーん、植木屋、ではない、ですかねぇ。植木もやってますが、それ以外にも色々と」

カップをテーブルに置いて、香澄が身を乗り出してきた。

「え、庭師なんでしょ？　庭師って、植木屋さんとは違うの？　庭木を手入れしたりとか、そういうこともしてる？　害虫を駆除したり、病気の木を治したり、とか……」

「ああ、やってますよ。実家でも、うちでも」

保の言い回しがひっかかったのか、香澄は怪訝《けげん》そうに首を傾げた。

「あ、僕んち八王子なんで。じいちゃん、えと、祖父が社長で造園会社やってます。いまは親戚《しんせき》の家に居候してて。ガーデンショップなんですけど、ご近所の庭の手入れとかもやってますよ」

「そう…」

香澄は頷くと、真剣な面持ちでこう言った。

「こんなこと言うと、驚くかもしれないんだけど」

「はい？」

「木を、守ってもらいたいの」

保は思った。

いきなりそんなこと言われたら、そりゃ驚きますがな。

ガーデンショップ『栽‐SAI‐』は、入った正面に小さな接客用のカウンターがある。

店番はそこに座って応対をしたり、かかってきた電話に出たり、郵便物の仕分けや問い合わせメールのチェックなどを行う。

ホームページは一応あるのだが、頻繁に更新をしているわけではない。『栽‐SAI‐』の歴史、業務内容、これまでに手掛けた庭の画像、連絡先など、必要最低限の情報を掲載した簡素なつくりだ。

これは、仕事の合間に啓介が作成したものだと聞いている。

カウンターに座って頬杖《ほおづえ》をついた保は、夕日が差し込んでくる窓をぼんやり眺めながら、口を開いた。

「……俺、みんなに言いたいことがある」

保の横で問い合わせのメールに返事を書いていた啓介が、ディスプレイを見たまま応じる。

「どうした、保」

保の目が据わった。

「俺は庭師じゃなくてただの大学生なんだ」

目をしばたたかせた啓介は、ここで手を止めて保に顔を向けた。

「は？」

「もう、聞いてくれよ啓介さん」

相変わらず羽アリが出ると文句を言っている広崎のこと、帰りがけに呼び止めてきた美人の先輩のこと。

わーっとまくしたてて、保はくわっと牙《きば》を剥《む》く。

「そんなの全部プロに頼めーっ！」

「まったくだ」

保の気が済むまで相槌を打ちながら聞いていた啓介は、腕を組んで背もたれに寄りかかった。

「黒い羽アリねぇ…」

思案顔をする啓介に、体ごと向いた保は足を広げた間に手をついて、渋面を作った。

「広崎のことはいいよ、アリくらいでガタガタ騒ぐなって言っとく」

ついでに、あちこちで庭師なのに云々《うんぬん》と言いふらすんじゃねぇと凄《すご》んでおこうそうしよう。

少し止まっていた啓介の手が再びキーを叩《たた》きはじめる音を聞きながら、保は香澄との会話を思い出した――。

「木を、守ってもらいたいの」

「…………」

保はそのとき、これ以上ないほど怪訝な顔をしていたろうなと、のちに思った。

彼女はそれを予想していたのだろう。軽く肩をすくめて苦笑しながら、冷めかけた紅茶を一口飲んだ。

つられて保も、カフェオレを飲んだ。いつの間にか残り少なくなっていたグラスはとけかかった氷が底にたまり、ストローがずずっと音を立てた。薄まったカフェオレは水っぽくて少しぬるく、ぼんやりとした味が口の中に広がった。

何か相槌めいたものを打ったほうがいいかなと保が考えたとき、思案顔をしていた彼女が先に口を開く。

「……ちょっと…ううん、たぶん、ものすごく変な話を、するわ」

そう前置きをして、香澄は言葉を選びながら話しはじめた。

彼女の父方の祖母が半年前に病気で入院をして、近々退院することになった。三年前に祖父が亡くなってからずっと一人暮らしをしていたのだが、高齢の病み上がりでは色々と不安もあるということで、親族会議の結果、退院を機に香澄の実家で一緒に暮らすことに決まったのだという。

香澄の父には、兄がふたりと姉がひとりおり、本来は長男か長女が母親を引き取って面倒を見るべきだろうと誰もが考えた。

しかし、祖母自身が香澄の家を希望した。

理由は、祖父と暮らした家に近いところに香澄の家族が住んでいるから。

ほかの子供たちはみな遠方に住んでいて、住み慣れた町を離れなければならなくなる。香澄の祖母はそれを嫌がったのだ。

「あ、誤解のないように言っておくけど、伯父《おじ》や伯母が祖母を引き取りたくないと思っていたわけじゃないのよ？　みんなうちがうちがって言ってて、私のうちで一緒に暮らすことに決まってからは、それぞれにできる限りのことをするって言ってくれてるし」

「そうですか」

それは、とても幸せなおばあさんだなと保は思った。子供たちが全員母親と一緒に暮らしたいと言っていて、本人の希望をちゃんと聞き入れて、きょうだいたちは協力態勢をきちんと取ろうとしている。

祖父や草次郎の知人の話など、ときたま保の耳にも入る。あまり幸せではない話が極稀《まれ》にあったりする。

うちはじいちゃんが柱だから、何するんでもじいちゃんの意見が一番強いし、みんなそれに従うんだよな。

そんなことを考えながら、保は首を傾げた。

「ええと、それが木と何の関係が……？」

彼女の祖母と、木の話にいったい何の関係があるのか。

訝《いぶか》る保に彼女は深刻な面持ちで頷《うなず》いた。

「問題は、祖母がずっと住んでいた家のことなのよ」

香澄の家の近くにある、祖父母が暮らしていた家。香澄の父や、そのきょうだいたちが生まれて育った家だ。

そこは香澄の祖父が生まれた家だった。二階建ての古い日本家屋で、そこそこ広い庭があり、物置には昔のアルバムや思い出の品がしまわれている。

二階に上がる階段は急で手すりもなく、昔の造りなので風通しがいい代わりに冬はとても寒い。

「祖母が病気になったのはそのせいなの。風邪をこじらせて、肺炎を起こしちゃって、一時は命も危なくて……」

　本当に危なかったのだろう。香澄の頬から少し血の気が引いたのが見て取れた。

　家は相当古く、だいぶ傷んでいる。いっそこの機会に思い切って改築。もしくは、完全に取り壊して駐車場などにしたらどうか。

「そう、伯父が言い出して。父の一番上のお兄さんで、修《おさむ》伯父さんていうんだけど」

　長男の提案を受けたきょうだいたちは、話し合った結果、家を取り壊して駐車場を作り、その収入を母の生活費などに充てることで合意した。そして、きょうだいたちの意見を聞いた母親は、古い家を無人にしておくのは物騒でもあり、誰かに貸すことも難しいなら、それでいいと応じた。

　思い出の品はきょうだいたちで分け、取り壊しなどにかかる費用も全員で出し合う。解体工事は五月の連休が過ぎてから。

　保は頭の中で今日の日付を思い出す。もう五月も半ばだ。

「解体はどれくらい進んだんですか？」

　連休明けにはじまったのなら、外壁を崩し終わって、柱だけになっている頃か。それとも、瓦《かわら》を下ろすほうが先なのか。

「それが……ちょっと、色々あって。予定は一応、来週の月曜日から」

　保の何気ない問いに、奥歯に物が挟まったような言い方をして息をつくと、香澄はティーカップを見下ろした。からになったカップの内側は、うっすら残った紅茶で極々薄い茶色になっている。

なんとなく、保は居心地の悪さを覚えた。何か、香澄の様子がおかしいような。

木の話は、どこへいったんだ？

怪訝《けげん》に思う保の前で、彼女は目を泳がせて、言葉を探しているように見えた。

「……連休の前に、祖母と一緒に、家を見に行ったの」

大事なものは全部運び出して、荷物のほとんどなくなった家のあちこちを、祖母の和江《かずえ》はゆっくりと見て回り、柱や壁の傷に懐かしそうに、愛《いと》おしそうに触れては、ぽつぽつと昔の話をしてくれた。

そして、庭に下りた和江は、ちょうど真ん中あたりに植えられている梅の木の前で、しばらく黙っていた。

「すごく大きくて、立派な梅の木よ。春には綺麗《きれい》な白梅が咲くの」

「へぇ」

やっと木が出てきた。

相槌《あいづち》を打つ保から、香澄の視線が逸《そ》れた。彼女の目が遠くを見る。記憶をたどっているのだ。

その梅は、祖父母が結婚した頃に植えられたものだと、子供の頃に香澄は聞いた。

実った青梅の収穫を手伝いに来た香澄に、祖母が話してくれたのだ。

おじいさんがね、どこからか小さな梅の木を持ってきて、ここに植えながらこう言ったの。

――ねぇ、和江さん。僕はね、梅の花が一番好きなんだ
厳しい冬の終わりを一番に告げてくれる花は、僕は梅だと思っている。花を咲かせて、たくさんの実をつけてくれる。きっとこの先、大変なこともあるだろうけど、冬のあとには必ず春が来るように、そのあとに必ず良いことがやってくるよ。

だからね、和江さん。僕たちは、この木を見るたびにそれを思い出していこう。これからずっと一緒に、共白髪になるまで、毎年この梅の花を並んで見よう……。

決して華美ではないが、誠実な夫の言葉に、新妻ははにかみながら嬉《うれ》しそうに頷いた。

そして、その言葉通り、夫がこの世を去るまでの間、毎年毎年、梅の花が満開になると縁側に並んで座ってそれを眺めた。

夫が鬼籍に入ってからは、在りし日の写真を持って、花を見た。けれども。

――今年は見られなかったわねぇ……

呟《つぶや》きながら梅の幹に触れていた祖母の背は、香澄にはなんだかとても小さく見えた。

「……あの梅は、祖母にとって、私たちが思っている以上に大事なものなのよ」

香澄の言葉に、保は頷いた。きっとそうだろう。そんなに大事にされて、梅も幸せに違いない。

そして、木をそんなに大事にする人なんだから、そのおばあさんは絶対にとても良い人だ。たぶん。庭師の血がそう告げている。気がする。

「……ん?」

ふと、保は目をしばたたかせた。

待て。香澄はさっき、木を守ってほしいと言っていなかったか。

「あれ? 家を取り壊して駐車場にするなら、梅は……」

「伐《き》られることになっちゃったの」

「ええっ」

そんな思い出の木を、どうしてまた。

信じられない思いの保に、香澄は理由を説明した。

庭のすみに植えられているのだったら残しておける。だが、あの木はちょうど庭の真ん中にあって、このままでは取り壊し工事にも支障が出るだろう。それに、大きくなりすぎているので、香澄の家にも親戚《しんせき》の家にも、植え替えられるだけの場所がない。伐るしかない。

渋る和江を説得したのは長男の修と長女の多恵子《たえこ》だった。そして、工事がはじまる前に梅を伐り、根を掘り起こして庭をあけることになった。

専門の職人に依頼をしたのは次男の祐次《ゆうじ》。香澄の父である健三郎《けんざぶろう》は、お前はお母さんが過ごしやすいように気を配れときょうだいたちに命じられ、解体工事にまつわる作業にはタッチしていない。

だから和江は香澄とともに、梅の木に最後の別れを告げに行ったのだ。入院していたために今年の花は見られなかったけれど、せめてもう一度梅に触れて、直接別れを言うために。

「それで、俺に、いや、僕に」

とっさに言い直したが、かえってわざとらしくて格好が悪いなと気づいて、保は軽く落ち込んだ。

「その梅を、うちでどうにかできるかってことですよね？　とりあえずうちの人たちに訊《き》いてみますけど、確かなことはなんとも……」

「そうじゃないの」

保をさえぎった香澄は、テーブルの上で両手をぎゅっと握り合わせた。

「そうじゃないの……。ごめんなさい、なんて言っていいかわからないんだけど、もうあの木は絶対に伐られちゃうことになってて」

香澄の目があちこちを泳ぐ。

彼女の様子を見た保は、ふっと空気が変わったのを感じた。

あれ、これはなんかちょっと、まずい話の気がするぞ。

意味もなく視線を走らせて気づく。

さっきまでいたはずのほかの客がいつの間にかいない。自分と香澄だけしかいない。

「先輩、あの…」

止めようとしたが、もう遅い。

「本当は、連休中に伐られるはずだったの。でも、伐ろうとするたびに、職人さんが怪我をしたり、伯父《おじ》さんや伯母さんの家で悪いことが起こったりしてて」

合わせた両手に額を押しつけるようにして、青ざめた香澄は振り絞るように言った。

「昨夜夢を見て…。お祖父《じい》ちゃんが出てきて、梅の前で怖い顔で、言うのよ」

背筋がぞくっとした保の耳に、香澄のうめくような声が突き刺さる。

「あの木を守らないと……」

空気がひやりとしている。さっきまでこんなに重くなかった。

「お祖母ちゃんを、連れに行くって…！」

「…………」

保は遠くを見る目になった。

ふっ、大学の近くのパティスリーには不釣り合いな、重く恐ろしげな話を聞いちまったぜ。そんなおどろおどろしい話だって最初に聞いてたら、もう少しそれらしいところを選んだぜ。

そう考えたが、すぐにそれを打ち消した。

いやいや、あそこで正解だった。もしそんな効果満点なところで聞いていたら。

「……」

改めてぞぞっとした保は、苦い思いで口をへの字に曲げた。

丹羽家の家業は庭師なので、木にまつわるあれやこれやを、おそらく保はほかの人よりずっとたくさん知っている。

木は、怖いのだ。

特に怖いのは桜で、あんなに凶暴な木はほかにないと、祖父が常々こぼしていた。桜以外にも怖い木はある。ほかは、どの種類が、というわけではなく、木によるらしい。怖くない木もあるし、怖い木もある。

怖いかどうか、見てわかるのがプロなのだそうだ。まあ、祖父によれば、プロを名乗っていてもそれがわからない職人もいて、そういう手合いは痛い目を見るらしい。

だから、梅の木にも怖いものがあるだろうし、怖くないものもある。香澄の言う梅がどちらなのかは、正直なところ保にはわからない。

彼女の夢は、ただの思い込みだと保は思いたい。でも、あのパティスリーで話を聞いていたとき、保は妙にひやりとしたし、ぞっともした。

ああいうのをかっこよく堅苦しい言葉でいうと、戦慄《せんりつ》した、とかになるんだよな。

保は、自分はそれほど臆病《おくびょう》者ではないと思っているし、家族たちもそれは否定しないだろう。歳の離れた妹は随分怖がりなのだが、頼れる兄の座はこれまで揺らいだことがない。

そして保は、自分はそんなに鈍感でもないと思っている。嫌な予感が外れたことがない程度には。

力を貸してほしいという香澄に、保は一日考えさせてほしいと返して、そこで話はいったん終わった。

香澄は国立《くにたち》のほうに住んでいるらしい。吉祥寺駅まで歩く彼女と、保は途中まで一緒だった。

清楚《せいそ》な美人と連れ立って歩く機会なんて、そうそうない。能天気に喜べる状況でなかったことだけが悲しい。

「……はぁ」

深々とため息をついて、保はカウンターに交差させた腕を乗せ、顎《あご》をつけた。

隣の啓介が、行儀が悪いぞという目をしたが、気づかないふりをした。啓介は咎《とが》めるようなことは言わず、自分の仕事をしている。

香澄の力になってやりたいと思う気持ちはあるものの、あまり関わりたくないのが保の本音だ。

うかつに関わってとばっちりを受けたら嫌だなと思うし、相手がどんなに美人でも、自分のほうが大事だ。

でも、美人の頼みだ。美人に頼まれたら、そうでない人の頼みより、ちょっとやっぱり、断るのはもったいない気がする。そんな悲しい男のサガを、保は素直に認めてもいる。

だって芳垣先輩はとっても美人なんですよ、俺。お近づきになれるチャンスを潰《つぶ》していいのか、本当にいいのか。

葛藤《かっとう》していた保は、生垣の隙間から店を覗《のぞ》いている小さな影を見つけた。

「あれ……」

あの子だ。この間もああやって覗いていた。何か用があるんだろうか。

「啓介さん、あの子……」

「ん？」

手を止めた啓介に示そうとした保は、生垣の隙間にいたはずの女の子が、一瞬目を離した隙に消えているのに気づいて、ふっと息を呑《の》んだ。

保の示しかけたほうに目をやった啓介は、何もないことを訝《いぶか》って首を傾ける。

「なんだ？」

「……や……いま……」

言いかけたとき、保の頭のどこかでこんな声がした。

自分にだけ見えているなんてこと、ないよな。

こんな時間に、あんな小さな子がひとりで、どうして外を歩いているんだろう。

すうっと血の気が引いていくのが、自分でもわかった。

「保？」

いささか心配している様子の啓介が眉根《まゆね》を寄せる。保はあちらこちらに目をやってから、頭をぶんぶん振った。

「いやいやいやいやいやいや、気のせい、きっと見間違い。さっきあそこに誰もいなかったよね⁉」

啓介は目をしばたたかせた。何しろ彼はずっとディスプレイを見ながらキーボードを叩《たた》いていた。たとえ誰かいたとしても、それを認める余裕はなかったのだ。

「……誰もいなかったんじゃないのか？」

「そうだって言って！　力強く断言しちゃって！　啓介さんがそう言ってくれたらそういうことにするから！」

もはや半泣きの保に、啓介は怪訝《けげん》そうにしながら応じた。

「……まあ、いなかった、ということにしておけ」

「うん！　そうだよねありがとう！」

両手を握りしめて力いっぱい頷《うなず》く保に、啓介は腕組みをして椅子の背もたれに体を預けた。

「それはそうと、さっきの先輩の話だが」

「あー、それはもういい。俺にはどうにもできないし。明日《あした》ちゃんと謝る」

「いや、そうじゃなく……」

「あっ」

啓介が何かを言いかけたところで、壁の時計を見た保は目を剝《む》いて立ち上がる。

「まずい、夕飯作んなきゃ」

ばたばたと奥に入っていく保の背に、啓介は呟《つぶや》いた。

「……まぁ、いいか」

◇　◇　◇

翌日保は、教室や図書館など、香澄がいそうな場所を捜して歩いた。

「いないなぁ…」

喫茶室をぐるっと見て、踵《きびす》を返す。と、あまり会いたくない男広崎が、女の子を連れてちょうど入ってきた。

「あっ、庭師」

だからいい加減庭師言うんじゃねぇ、と怒鳴りつけてやりたい気持ちをぐっとこらえたのは、広崎の隣にいる女の子が沈んだ面持ちで、泣いていたように見えたからだった。

広崎は駆け寄ってくると、怒ったように声を荒らげる。

「アリ退治の方法どうなったよ」

保の中では終わっていたのだが、広崎の中ではまだ継続中だったらしい。なんて迷惑な。

「知らねぇよ。俺いま、それどころじゃないんだ」

目をすがめた広崎は、瞬《まばた》きをして何やら合点のいった顔をした。

「こないだ香澄ちゃん先輩にお前のこと話したら、なんか相談があるようなこと言ってたな。それか」

「かすみちゃんせんぱい!?」

なんだその呼び方は、広崎の分際でなれなれしい。いや、広崎の分際だからこうまでなれなれしくしても許されるのか。おのれ広崎、うらやましい。

「香澄ちゃん先輩なら、さっき見かけたぞ。ああでも、暗い顔してたなぁ。あとでなぐさめに……」

ふいに、隣の女の子が低く唸《うな》った。

「陽太」

途端に広崎は不機嫌そうに押し黙る。そうして肩をすくめた。

女の子は広崎が斜め掛けしているショルダーバッグを摑《つか》んで引っ張りながら、保に外を示した。

「芳垣先輩なら、中庭にいたよ」

「ずいぶん親切だな、綾」

広崎の語気に険がある。

綾と呼ばれた女の子は、広崎を睨《ね》めつけて言い返した。

「何か文句ある?」

広崎は何も言わなかったが、その目は不満だと雄弁に語っていた。

彼女は保に目を向けた。少しだけ、瞳《ひとみ》の光が柔らかくなった。

「ついさっきだから、まだいると思う。急いで行ったほうがいいよ」

「サンキュ」

一応礼を言って、保はそうだと思い出した。

斜め掛けにしていたボディバッグのポケットから、USBのフラッシュメモリを出して広崎に押しつける。

「なんだ?」

フラッシュメモリの青いボディをしげしげと見つめる広崎に、保は半分据わった目で言った。

「なんか、うちの職人さんが、部屋でその曲かけてみろって」

「は?」

「よくわかんないけど、もしかしたらアリに効くかもしれないらしい」

朝、家を出る寸前に啓介に呼びとめられて、渡された。何の変哲もない記録メディアだ。保もよく使っているタイプの、安価なフラッシュメモリ。

音楽データが入っているので、エンドレスで流しつづけるようにということだった。

「どんなの?」

目の高さにメモリを掲げて尋ねる広崎に、保は首を振った。

「さあ。俺は聞いてないから知らない。とにかく、試してみれば？」

「おう。気が向いたらやってみるわ」

言いながらパンツのポケットにメモリを無造作に突っ込む広崎は、少しいらついているようにも見えた。

気が向いたらかよ礼のひとつも言えよと思ったが、ふたりはどうもそれどころではないらしい雰囲気だ。これはあれか、いわゆる修羅場か。

「じゃあな」

喫茶室を出てからそっと振り返ると、綾は広崎を責めるような眼差《まなざ》しで、何かを訴えているようだった。対する広崎は、一応謝っているそぶりを見せている。

でも、保が見る限り、誠心誠意をもって、という感じはあまりない。上辺だけ取り繕っているみたいだ。彼らの周りだけが妙に暗い感じがする。

なんであんな奴がモテるんだ。調子がいいからか、顔がいいからか、口がうまいからか、全部だろうなああ畜生。お前なんてその子に痛い目に遭わされてしまえ。

我ながらどす黒い嫉妬《しっと》だよなという自覚を持ちつつ内心で毒づいていた保は、広崎のショルダーバッグから黒い点のようなものが出てきて落ちたのを認めた。

点、点、と。黒いものが幾つか出てきて、地面に落ちる寸前にふわっと浮き上がる。

保は思わず足を止めた。

広崎も、彼のショルダーバッグを摑んでいる綾も、どうやら気づいていない。

よく見れば、広崎の背中にも黒い点が幾つか張りついていた。

「羽アリ……？」

家に出る羽アリがバッグの中に入り込んでいるのに気づかないまま登校して、それが這《は》い出てきたのか。

幾つかの黒い点は、どこかに飛び立っていった。

「うわ…」

冷たいようだが、保はずっと、羽アリ程度で騒ぎすぎなんだよと思っていた。

だが、気づかないうちにバッグの中に入り込んでいたり、服にへばりついている、というのは、かなり嫌だ。

広崎のことは好きではないが、見てしまった以上、人として何かこう、できることはしてやったほうがいい気がする。

「仏心を出してやる、ああなんて親切な俺。とりあえず広崎、気が向いたらじゃなくて、言われたとおりにやってみろ。効くかは知らんけど」

ぶつぶつと口の中で呟《つぶや》きながら中庭に向かった保は、後ろから呼びかけられた。

「丹羽くん」

振り返ると、捜していた相手が駆け寄ってくるのが見えた。

香澄はやけに切羽詰まった面持ちをしている。

「お願い、一緒に来て」

言うなり保の腕を摑み、走り出す。虚をつかれた保はバランスを崩してつんのめりかけたのを何とか堪《こら》え、香澄に並んだ。

「え、先輩、どうしたんですか」

ジーンズにカットソーというシンプルな服装が、彼女のスタイルの良さを引き立てている。昨日のワンピースも似合ってたけど、こういうスポーティな格好も結構いいですね。

なんてことをうっかり思った保に、香澄は血相を変えて答えた。

「さっき母から連絡があって、新しく頼んだ業者が梅の木を今日伐《き》りに来るって」

「えっ」

「止めなきゃ。お願い、手伝って」

校門を出て、バス停にちょうど停まっていたバスに駆け込みながら、保ははっと気がついた。

しまった、一緒に来ちまった。

この期に及んでお断り申し上げるなど、できようものか。いや、無理だ。

バスで駅に向かい、電車に乗り換える。吉祥寺から国立まで、中央線の快速でおよそ二十五分。その間香澄はずっと黙っていたのだが、国立に着く寸前にぽつりとひとことだけ発した。

「やっぱり、お祖母《ばあ》ちゃん、あの木を伐ってほしくないって……」

どう返せばいいのかを保が探しあぐねたときに、電車が国立駅に滑り込んだ。

香澄の祖母、和江の家までは、そこから徒歩で二十五分ほどかかるという。バスの路線からは外れているので走るしかないかと思ったが、香澄は迷わずタクシーに乗り込んだ。

おお、ぜいたくだ。と、保は感動したが、それだけ香澄は気が急《せ》いているということだ。

五分程度で目的地に到着し、香澄が料金を支払っている間に保は先にタクシーを降りた。昔からの住人が多いらしく、庭の広い一軒家が目につく。

手入れの行き届いた、とは言いがたい庭につい目が行く。庭木の手入れなどのご用命はぜひ『栽－SAI－』までどうぞ。喜んで出張いたします。

「……いかん、つい」

ぶんぶんと頭《かぶり》を振っていた保は、路肩に停まった軽トラックに目を留めた。

見覚えのある車体。ドアに小さく記された『吉祥寺　栽－ＳＡＩ－』の文字と電話番号。

まさか、さっき香澄が言っていた、新しく依頼された業者というのは。

「おいおい、うちかよ……」

なんというめぐり合わせだ、できすぎてるだろう。

ううんと唸《うな》る保を、支払いを終えた香澄が急かす。

「丹羽くん、こっち」

「あ、はいはい」

仕方なくあとについて行くと、彼女は門から庭にまっすぐ向かっていく。

建物を横切っていくと、視界が開けて、常緑樹の庭木が幾つかと物干し台。そして、話に聞いていたとおり、庭の真ん中に大きな梅の木が鎮座ましましていた。

その木の周りに、幾つかの人影がある。香澄の形の良い眉《まゆ》が吊《つ》りあがった。

「修伯父《おじ》さん！」

鬼気迫る香澄の声に、白髪まじりの壮年男性が振り返り、目を丸くした。

「香澄、どうしたんだ」

突然現れた姪《めい》に驚きを隠せない修は、彼女の後ろにつづいて出てきた見知らぬ男に気づいて怪訝《けげん》そうに眉をひそめる。

「保」

声をあげたのは、修の隣に立っていた草次郎だった。いつもとは違う、藍色《あいいろ》の半纏《はんてん》を羽織っている。芳垣家は日本家屋なので、それに合わせたらしい。

草次郎の横には、啓介もいた。彼はいつもの紺色のカットソーに乗馬ズボンだが、その上にやはり藍色の半纏を羽織っていた。

香澄は保の手を摑《つか》んで彼らと梅の間に割って入った。

「やめて、伐らないで！」

必死に訴える香澄の隣で、保は、えーと俺はどうしたらいいんだ、と混乱した。うっかり連れて来られてしまったが、草次郎たちが請け負った仕事を邪魔したとなると、あとで確実に説教が待っている。へたをすると、今月の給料カットという最悪の事態になりかねない。

「あの、先輩、落ち着いて…」

なだめようと試みると、香澄は保をきっと睨《にら》んできた。

「丹羽くん、あなたはどっちの味方なの!?」

「え」

どっちの、と言われても。

保は梅の木を顧みた。そして、ふと気づく。

五月だというのに、葉があまりついていない。実もついている様子がない。それに。

「……」

保は梅をじっと見た。

心なしか、元気がないように見える。それに、なんだかとても、嫌な感じが——。

吸い寄せられるようにふらっと手をのばして梅に触れようとした保を、それまで沈黙していた啓介が止めた。

「触るな、保」

保ははっとして、目が覚めたような顔で盛んに瞬《まばた》きをした。

「あれ……」

一瞬、記憶が飛んでいる。のばしかけていた手を、いつの間にか啓介が摑んでいた。

「この木はいま、まずい。触ると、使われる」

何がどうまずくて、何に使われるのか。という質問は、できない空気だった。それに、訊《き》かなくても保には、なんとなくわかる。

庭師の息子だ。昔から、木は怖いと聞かされて育ってきた。

香澄が顔色を変えて啓介を睨んでいる。その形相は鬼気迫っていて、人が変わった

「帰れ」

ようだった。

「伐らせない。許さない。帰って、——帰れ」

彼女の語気が変わる。そして血走った目でその場にいる者たちを凄《すさ》まじい眼光で睨んだ。

「帰れ。触るな。帰れ、帰れ、帰れ」

清楚《せいそ》な美人が豹変《ひょうへん》して、なんとかが原の鬼婆《おにばば》とか、そういったものを連想させる顔つきで繰り返す。

香澄はさらに、視線で射殺せそうな目を、息を吞《の》んで言葉を失っている伯父の修に向けた。

「お前、余計なことをするなと警告したのに、なぜわからない」

きれいに形を整えて、桜色のネイルをした指で、修を指す。彼女の鬼気迫る形相と控えめなネイルの色合いが妙に不釣り合いで、大の男が完全に吞まれていた。

香澄の傍らで異様さに硬直していた保の腕を、啓介が無言で引いた。まろびかかったが、昔と同じように啓介が摑まえてくれているので膝《ひざ》をつくことはなかった。

それでなんとか、安心できた。

啓介が手を放す。ぎくしゃくとした動きで香澄を振り返った保は、彼女と、その後ろにいる梅の木を見て、恐ろしいと思うと同時に、必死さのようなものを感じた。

寒くもないのに、背筋にぞくぞくとした寒気が走って、見れば腕には鳥肌が立っている。隣で黙っている草次郎も青ざめていて、修は色を失いいまにも逃げ出しそうな様子だった。

そんな中、久世啓介だけは、表情ひとつ変えずに香澄と梅の木を眺めていた。

しばらくそうしていた彼は、おもむろに両手を上げると、胸の前で拍手《かしわで》を打った。

二度の拍手は、空気を振動させるほど重く強く轟《とどろ》いて、香澄の体が唐突に沈んだ。

まるで殴られたような顔で膝をついた彼女は、呆《ほう》けたように啓介を見あげる。

啓介は右手の人差し指と中指の先を香澄の額に当てると、小さく何かを呟《つぶや》いた。

彼の手が離れると、香澄は憑《つ》き物が落ちたような様子で、ぽかんと口を開けていた。

「あ……私……？」

混乱しているようにあちこちを見回して、修に目をとめて首を傾ける。

「伯父さん、どうしたの？　変な顔して……」

真っ青になっていた修は、恐る恐る口を開いた。

「香澄……お前、大丈夫か…？」

「何が？」

怪訝そうに問い返し、彼女はゆっくりと立ち上がる。ジーンズの膝の汚れに気づいて、びっくりした顔でぱたぱたと払う様は、さっきとは別人のようだった。

戻った、と保は思った。何がどう、とは言えないけれど、とりあえずはきっともう大丈夫だと、保は胸を撫《な》で下ろす。

それまで静かだった草次郎が、腕を組んで口を開いた。

「ひどいもんだな」

「……？」

草次郎が何のことを言っているのか、保にはわからない。そもそも、この木を伐《き》ろうとした職人が怪我をしたという話なのだ。

そんな危ないものなのに、なぜ草次郎や啓介がここにいるのだろう。

「草じいちゃん、なんでここに？」

訝《いぶか》る保に、大叔父《おおおじ》は短く答えてくれた。

「北村に頼まれてな。厄介な木で手に負えないとさ。それでうちが請け負った」

そういえば、数日前に北村造園の社長から電話があった。それを草次郎に取り次いだのは保だ。では、怪我をした職人というのは、北村のところの誰かだったのか。

それにしても、なぜそれが草次郎のところに回ってくるのか、保にはわからない。

混乱している様子の保に、草次郎は目を丸くした。

「うん？　なんだ、兄貴はお前に何も言ってないのか？　しょうがねぇなあ」

「ええ？」

ますますわけがわからなくなる保だ。

「まあいい。あとで話すわ。それより、啓介、どうだ？」

「待ってください」

啓介は梅の幹に触れて、耳を押し当てた。それから木全体をじっと見つめる。

しばらくそうしていた彼は、難しい顔をして振り返った。

「鎮める必要はないですね。というより、これにはもう、何かをする力がない」

修と香澄がえっと声をあげる。

彼らに向いて、啓介は淡々と言った。

「さっきので尽きた。——この木は、枯れかかっている」

幹に触れたまま、彼は天にのびた枝を見あげた。

「お祖母《ばあ》さん、一時は命が危なかったそうですね。どうやらこの木が身代わりになったようです。……もう一度花を見てほしかったと言っている」

夏を越え、秋を越え、冬を越え。次の春まで、なんとかして命をつなぎ、ほんの一輪でもいい、最期の花を。

毎年毎年、夫婦は並んで眺めていた。春の訪れを告げる白梅を。

「だから、できるだけ綺麗《きれい》に咲いた。お祖母さんたちが喜ぶように」

——ああ、ほら、和江さん。一年ぶりだ

——ええ。今年も綺麗ですねぇ、あなた…

若々しかった夫婦の面差しは、少しずつ歳を重ねて。真っ黒だった髪に白いものがまじって。目尻《めじり》のしわが増えて、口元のしわも増えて。

それでも変わらない、穏やかな笑みを花に向けて。幸せそうに、本当に幸せそうに。

男が先に旅立って、女は悲嘆の涙にくれていたけれど。次の春に梅の木が花を咲かせると、懐かしそうに、嬉《うれ》しそうに。涙を一筋流して、それはそれは儚《はかな》くも美しい笑みを見せた。

それからは、毎年ひとりで。一方が欠けてしまっても、その姿を写した写真と一緒に。生きていた頃と変わらずに。

「最期のときは静かに見送るつもりでいたのに、そうできなくなった。せめてもう一度だけでいいから、花を見せたかった。だから伐るなと訴えていた」

職人に怪我を負わせ、修たちの家に災厄を起こし、香澄の夢に働きかけて。

もう一度。もう一度。もう一度。もう一度。——けれども。

ふうと息をついて、啓介は修に言った。

「たぶん、夏までもたないでしょう」

もう一度。それすらも、かなわない。実も、葉も、もう。

啓介はついと目を細めた。

「それまで手を出さないでいてやることはできませんか。最期の最期までここにいたいと言っているので」

静かな言葉に、修は梅をじっと見つめた。

「……そういえば…、家を出てから……この梅をじっくり眺めたことは、なかったなぁ……」

ぽつりと呟いて、彼は何度も頷《うなず》く。

それを見た香澄は、目を潤ませた。

啓介は梅の幹をぽんと叩《たた》くと、誰にも聞こえないくらい小さな声で何かを呟いて、離れた。

「終わりましたよ、社長」

「ん」

応じた草次郎は、茫然《ぼうぜん》としている保の肩を叩いた。

「そら、帰るぞ保」

「あ、うん」

保は香澄にぺこりと頭を下げる。彼女は笑って、小さく手を振った。

「ありがとう、保くん」

門を出たところで、啓介がおもむろに口を開いた。

「ところで保、大学はどうした」

「あ」

途端に、草次郎の眉《まゆ》がくっと吊《つ》り上がった。

◇　◇　◇

週明けの夕方、帰宅した保はカウンターに座っていた。隣では啓介が問い合わせのメールに返信を書いている。

時々小さく唸《うな》って文面を考えている啓介の横顔を、保はじっと見ていた。

しばらくして、啓介がぼそっと言った。

「……気が散るんだが。なんなんだ、さっきから」

手を止める啓介に、保は口をへの字に曲げて唸る。

そのとき、お客が入ってきた。

「あ、いらっ……」

反射的に振り返ったまま、保は目を剝《む》いて固まった。

入ってきたのは、あの女の子だった。

硬直する保の横で、息をついた啓介が立ち上がった。

「いらっしゃい。……どうしたのかな？」

女の子の前で膝《ひざ》を折って目線の高さを合わせた啓介に、保も慌てて倣った。

「あの……」

彼女はおもての温室を指さした。

「あの、カーネーションを、ください」

「え…？」

意表をつかれて目をしばたたかせる保に、女の子は握りしめた小さな手を差し出す。

そろそろと開いた手のひらには、百円硬貨が三枚のっていた。

「これで、たりますか？」

「…え…と……」

温室で咲いているカーネーションと、女の子の手のひらを交互に見ながら、保はどうしようかと思った。

あれは売りものではないのだ。葉月が趣味で育てているもので、毎年母の日に家族に贈るために咲かせている。

母の日。

瞬《まばた》きをして、保はカレンダーを見た。もう過ぎている。

保と啓介に、女の子は必死に言った。

「ママ、いま、にゅういんしてて……。あした、かえってくるの。でも、ほかのおみせだと、おかねがたりなくて……」

そうかと、保はようやく合点がいった。

温室の中でずっと咲いているカーネーション。母親の退院が決まったら買おうと思っていて。でも、自分の持っているお小遣いで足りるかどうかがわからなくて。それを尋ねる勇気をなかなか出せなかった。

保が彼女に気づくと慌てて逃げて行ったのは、おそらくそういうことだったのだ。

「あの、いっぽんでいいんです。おねがいします」

ぎゅっと目をつぶって頭を下げる女の子を、保は優しく撫《な》でた。

「ちょっと待ってな」

啓介に女の子を任せて、保は温室に入ると、道具入れから花鋏《はなばさみ》を取った。

鉢植えのカーネーションは、葉月が丹誠込めて育てたもので、見事な花を咲かせている。

「許せ、葉月ちゃん」

あとでちゃんと詫《わ》びるが、とりあえずここで一回謝っておく。

ぱちぱちと威勢よく、伐《き》ったカーネーションは計十本。

たくさん抱えて戻ってきた保を、女の子は目を丸くして見つめている。

啓介が奥に一度引っ込んで、大判のセロファンとアルミ箔《はく》とリボンを持ってきた。

保は思った。

なぜそんなものがあるんだ、うちは切り花屋じゃないのに。

啞然《あぜん》とする保の手から花を取り上げると、啓介は手際よく茎の長さを整え、濡《ぬ》らした綿とアルミで切り口を覆い、その上からセロファンを巻いてリボンを結んだ。

完成した花束を保に渡し、啓介はパソコンの前に戻っていく。

じっと見上げてくる女の子に、膝を折った保は花束を差し出した。

「はい、どうぞ」

「でも……」

手のひらにのっているのは硬貨三枚で、花束を買うにはとても足りないはずだ。

困惑する子どもに、保はにかっと笑った。

「お母さんの退院祝いだから、特別価格でちょうど三百円いただきます」

戸惑う女の子は啓介に目をやる。彼は黙ったまま頷いて見せた。

おずおずと差し出された硬貨を受け取って、花束を渡してやる。保と啓介を交互に見て、女の子はようやく笑顔になった。

「ありがとう、おにいちゃん」

「どういたしまして。気をつけて帰るんだよ」

嬉《うれ》しそうに手を振って走っていく女の子を見送りながら、保は心の底から安堵《あんど》した。良かった。生きてる人間で本当に良かった。ああ良かった。

葉月には、平謝りしてからわけを話せば納得してくれると思う。それに、葉月がここにいたら、きっと同じようにしただろう。彼はそういう性格だ。

カウンターに座った保は、ふと思い出して言った。

「そういえば、広崎がお礼言ってきたよ」

「ふうん？」

キーを叩きながら啓介は耳を傾ける。

「USBメモリに入ってた音楽流したら、羽アリがきれーさっぱり消えたって。えらく感動してた」

「……へぇ」

応じる啓介は、妙に意味ありげな顔をする。

「啓介さん、あいつになんの曲渡したの？」

「龍笛《りゅうてき》の……横笛の曲」

「笛？　へえ、アリって笛で追っ払えるんだ、知らなかったなぁ」

保が感心していると、手を止めて、ディスプレイを眺めながら啓介は腕を組んだ。

「ああ、俺も知らなかった」

「………は？」

啓介は淡々と言った。

「その広崎なにがしくん、顔が良くて調子が良くて、本命らしき子を放っておいてほかの女の子たちと遊んでるんだって？」

「まぁ……、そうですね、はい」

当惑しながら保は頷《うなず》く。

「そういう性格の子は、怒りや恨みやねたみやそねみを買いやすい。そういう負の念が、黒い虫のような形になってまとわりつくことが、よくあるんだ」

保は、頬が引き攣《つ》るのを自覚した。

「よ、よく？　へぇ…？」

「龍笛の音色は魔や負の念を祓《はら》う。本物の虫は逆に寄ってくる。あれを流して消えたなら、まあ、当人が羽アリだと思っていただけで、羽アリじゃないムシだったんだろう」

おそらくは、「蟲《ムシ》」と呼ばれる類《たぐい》の、実体すらない黒いモノ。

それを放ったのが誰なのか、啓介には見当がついている。本人はまったくの無自覚だろうが。

「ムシだけで済んでいればいいけどな……」

呟《つぶや》く啓介はいつものように表情の乏しい顔をしている。それを眺めていた保は、何の脈絡もなくいくつかのことを思い出した。

そういえば、広崎の周りはなんだか暗い感じだった。

広崎の近くにいるとやけにいらいらして、嫌な気分になって。言葉遣いも必要以上に荒くなった。

啓介は軽く肩をすくめる。

「まあ、いなくなったなら良かったじゃないか。ちなみに、そういう人間は負の連鎖を招きやすい。深く関わると碌《ろく》なことにならないから、適度な距離を取って接することだ。でないと厄をもらうし禍《わざわい》に見舞われる」

そこで啓介は、保が無反応であることにようやく気がついた。

「なんだ？　目が飛び出そうになってるぞ、保」

首を傾げる啓介を恐る恐る指差して、保はなんとか言葉を発した。

「啓介さん……何者……？」

「人を指差すんじゃない。……社長から何も聞いてないのか。それは意外だ」

草次郎も確か、似たようなことを言っていた。あとで話すと言っていたが、おそらくすっかり忘れている。

「なに、いったい、どういうこと!?」

詰め寄る保に、啓介は天井を見あげた。

「木には怖いのと怖くないのがいるから、怖いのが出た場合は専門家に任せないと危ないいんだよ。だからうちはそういうのが回ってくる」

「なんで」

「俺がそういうのの専門家だから」

更に、啓介はつづけた。

陰陽師《おんみようじ》というのだが、そう名乗ると胡散臭《うさんくさ》いこと極まりないと思われることが多いので、あまり言わないことにしているのだ、と。

「…………」

保は瞬《まばた》きをひとつして、考える。八王子の耕一郎が保に何も教えていなかったのは、知れば啓介を見る目が好ましくないほうに変わることを懸念したからかもしれないと。

それならそれで仕方がない。普通の人には見えないもの、わからないものを扱うこの仕事に、そういうことはつきものだ。

しばらく啓介を凝視していた保は、うーんと唸《うな》って口を開いた。

「……つまり啓介さんは、おっかない木のスペシャリストってことか」

啓介が、妙に虚をつかれた顔になった。

しかし保はそれに気づかず、感心しながら何度も頷く。

「そっかー。なるほどなー。そういう人っていてくれると助かるよね。こないだの芳垣先輩みたいになったら、専門家がいないと大変だもん。啓介さんがいて良かった良かった」

「――――」

「……そうだな」

何やら微妙な顔で啓介が応じる。対する保はすっきりした顔でからりと言った。

「そうそう。あの梅の木、まだ少し元気が残ってる枝先を伐《き》って、挿し木しようと思うんだよね。そうしたら先輩のお祖母《ばあ》さんのところに置いておけるし、うまくしたら来年また花が咲くからさ」

小さな鉢なら家族に気兼ねなく、そばにずっと置いておけるだろう。

そうしてこれまでと同じように、亡き夫の写真とともに、春告げる花を見ることができる。

今日香澄にそう提案したところ、彼女は泣きそうな目をして笑った。

――すごい。そんなこと思いつくなんて、ほんとに庭師なのね、保くん

泣きそうな目をしても、やはり美人は美人だった。

「……実にお前らしいよ」

なんだか呆《あき》れているようにも見える面持ちで、啓介が息をつく。

「そう？　ただ、どの枝が一番いいか、俺だといまいちわからないから、手伝ってくれると助かるんだけど」

「わかったわかった」

「やった」

満面の笑みで何気なく時計を見て、保は慌てて立ち上がった。

「あっ、夕飯！　…わっ！」

急いだ拍子に椅子の脚に引っかかってバランスを崩した保の腕を、啓介は反射的に摑《つか》む。

「あっぶね。ありがと、啓介さん」

転ばずにすんだ保は、昔と同じ顔で礼を言うと、わたわたと駆けていった。

二話　もみじのあざとまじないの言葉

通っている大学までは、のんびり歩いて十五分ほどだ。

五日市街道を吉祥寺駅方面に進み、途中で住宅街に入る。細い道がたくさんあって、その日の気分で違う道を選ぶ。

駅前のサンロードはにぎやかだが、店の途切れる辺りからの住宅街は閑静で、草木の植えられた庭のある家が多い。

いつもならこの時間に夕食のメニューを考えるのだが、今日はその必要がない。

「今日夕飯は金の猿〜」

保は上機嫌で鼻歌まじりに呟いた。

食事の支度は保の役目なのだが、さすがに休みなしはつらいものがあるので、週に一度は夕食を外食かデリバリーにしてもらっている。

大叔父《おおおじ》にそう話をつけてくれたのは母の美樹子《みきこ》だ。休みなしでは保がいずれ参ってしまうだろうことを予想しての心遣いだった。

主婦業だけでなく、会社の事務や経理も引き受けている母の偉大さを、保はこのとき噛《か》み締めた。ちなみに、母の偉大さに感動したのはこれで五度目だった。

料理から解放される日を、休飯日、と保はひそかに命名した。休飯日は決まっているわけではない。大体は週の後半で、家族が全員そろう日。

今週は木曜の今日だ。

「ここんとこずっとピザだったからなー。外で食べるのは久しぶりだ」

数週間ほどずっと忙しく、外に出るのを諦《あきら》めてデリバリーで済ませていた。

ピザは好きだが、毎週それではいささか飽きる。かといってできあいの総菜は大叔父と啓介が嫌がるのだ。それこそ食べ飽きたらしい。

やるようになってから身にしみてわかったのだが、毎日の朝食と夕食を作るのは結構かなり大変だ。母が作るような手の込んだ料理を毎食幾つも用意するのは、保にはとても無理だった。

そんなわけで、保が仕切る丹羽家の食卓は、朝はご飯と味噌汁《みそしる》と海苔《のり》か卵か納豆。たまに冷奴《ひややっこ》。夕飯はご飯と味噌汁に主たるおかずが一品と簡単なサラダ、が定番になっている。

代わり映えのしない食事を、草次郎や啓介が文句ひとつ言わずに食べてくれるのがありがたい。

「もう少し手際が良いと、もうひとつくらいいけるのかなー。今度母さんにそのあたりを教えてもらおう……」

我ながら、丹羽家の料理番がすっかり板についてきた。

天気はあいにくの曇り空。歩いていると少し汗ばむほど暑く、適度に吹く風が心地いい。

あちこちの家の庭を何気なく見ながら歩く背に、甲高い声が届いた。

「おにいちゃーん」

振り返った保は、元気よく駆けてくる女の子を見て笑った。

「おー、香菜《かな》ちゃん」

気づいてくれた保に嬉《うれ》しそうに手を振った香菜が、ふいにつんのめって転んだ。固いアスファルトに膝《ひざ》と手をついた彼女は、びっくりした顔で目を丸くし、辺りをきょろきょろと見回した。

「わっ、大丈夫か⁉」

駆け寄った保が立たせてやると、膝がすりむけて血がにじんでいた。

赤いすり傷を見た香菜の目に、見る見るうちに涙が浮かぶ。

こんなときは、確か。

「い……、いたいのいたいの、くものむこうにとんでいけー！」

慌てふためいた保が思わず叫ぶと、香菜は瞬《まばた》きをした。

「え……いたいの…くも、の…？」

きょとんと呟《つぶや》く香菜を抱き上げて、保は全速力で走り、自宅兼店に駆け込んだ。

「ただいま！」

血相を変えた保と目を真ん丸にしている香菜に、接客用カウンターの向こうに座っていたいとこ違いの葉月と従業員の啓介が驚いた顔で立ち上がりながら、口々に言った。

「どうしたよ、たもっちゃん」

「お前、いま、一歩間違えると幼女誘拐の現行犯だぞ」

実に冷静な啓介の指摘を受けて、保は先ほどとは別の意味で顔色を変えた。

確かに、もうすぐ夕方の街中で、突然幼女を抱き上げて全速力で駆け出す若者というのは、かなりシャレにならない光景ではないか。

「いやいやいやいやいやっ！　そんな恐ろしいこと気づかせないで！」

「おにいちゃん…？」

不安そうな香菜の声ではっと我に返る。香菜の膝をふたりに見せながら、保は言い募った。

「これ見てよ」

にした。

「うわ…痛そうだねぇ、大丈夫？」

葉月が眉《まゆ》をひそめて尋ねると、怪我したことを思いだした香菜は顔をくしゃくしゃにした。

保の目が険しくなった。

「なに泣かせてんの葉月ちゃん」

「ごめんごめん」

「早く手当てしないと……」

「その前にまず傷口を洗ったほうがいいよ、砂がついてる」

「あ、そうか」

温室の横の水栓で、ふたりがかりで血と汚れを洗い落としていると、いつの間にか姿を消していた啓介が、店の奥にある事務所からタオルと救急箱を持って出てきた。

「啓ちゃん、用意いいねぇ」

朗らかに笑う葉月に、啓介は保をちらりと見てから頷《うなず》く。

「慣れてるからな」

保は半眼になった。

昔よく転んで膝小僧をすりむいていた。

それを啓介に手当てしてもらったことは確かだが、慣れていると言われるほどたたくさん転んだ覚えは、ある。

そうなのだ。保は実によく転ぶ子供だった。啓介と出会ったのは七歳くらいだったが、それ以前はそれはもう見事に転びまくっていた。

啓介が摑《つか》まえてくれるようになってからは転ぶことも徐々に少なくなり、膝や肘《ひじ》をすりむくことも減った。

「昔は足、あざだらけだったもんなー……」

香菜の膝に啓介が湿潤パッドを貼っている間に、保は住居スペースの二階にあがった。財布やノートが入っているリュックを部屋に放り込み、台所に向かう。

「何もないところでもよく転んだもんなー。俺って歩くの下手だったよなー」

ぶつぶつ呟きながら冷蔵庫を開け、冷やしていたオレンジジュースの缶を持って一階の店舗に下りる。階段と店舗を仕切るドアを開けると、気づいた葉月が声をかけてきた。

「たもっちゃん、内海《うつみ》さんに連絡したら、すぐ迎えに来るってさ」

受話器を置いた葉月に頷き、手当てを終えて来客用ソファに座っている香菜にジュースを渡してやった。

「ほら、飲みな」

「うん。ありがとうおにいちゃん」

嬉しそうに笑う香菜に保も目尻《めじり》を下げる。

妹の実梨《みのり》を思い出した。歳の離れた妹はお兄ちゃん子で、保が家を出るとき目に涙をためていた。

次の日曜日には、久々に実家に顔を出そうかなと思った。

丹羽保の家は、『栽－SAI－』という名のガーデンショップを営んでいる。家といっても生家ではない。進学と同時に居候させてもらっている大叔父《おおおじ》の家だ。

大叔父の草次郎と、従業員の久世啓介との三人暮らし。草次郎の息子である葉月は、結婚以来西荻窪《にしおぎくぼ》駅の近くで家族と住んでいる。

内海香菜は、近所のマンションに住んでいる子どもだ。以前母親にあげるためのカーネーションを買いにきて、それ以来どういうわけか保をおにいちゃんと呼んで慕っている。

香菜を迎えに来たのは彼女の祖母だ。香菜の母親は病気で、先日退院したばかり。家に戻ったもののまだ寝たり起きたりを繰り返しているのだと聞いている。

礼を述べた祖母に手を引かれた香菜は、ばいばいと手を振って帰っていった。

それから、店や住居の掃除をしたり、温室の植物たちに水をやったりしながら、商談に出ていた草次郎が戻るのを待った。

草次郎が帰ってきたのは十九時を回った頃。

残務整理は食後に回すことにして、一同は戸締まりをして店を出た。

奥さんが夕飯を作って待っている葉月と駅で別れ、保と啓介と草次郎の三人は、井《い》の頭《かしら》公園近くの日本料理店「金の猿」に向かう。

窓が大きく開放的な作りで、料理がとてもおいしい店だ。料理だけでなく酒もおいしいらしい。あくまでも伝聞だ。

何しろ保は未成年なので、酒は飲めない。そして成人しても確実に飲まない。

保にはアルコールを分解する酵素がほとんどないらしく、酒の匂いをかいだだけでくらっとする。注射のときの消毒用アルコールで肌が真っ赤になるくらいだ。

実は草次郎も同じ体質だ。

ふたりに対し、保の祖父耕一郎と父の豊《ゆたか》、兄の繁《しげる》はそこそこ飲める。草次郎の息子葉月もだ。酒に弱いのは保と草次郎だけで、親族が集まっての宴会などではふたりだけウーロン茶やジュースだ。

啓介は酒を飲まない。少なくとも保は彼が酒を飲んでいるところを見たことがない。

彼が保たちのように弱いのか、ただ飲まないだけなのかは、そういえば聞いたことがなかった。

四人がけのテーブルに着いた三人は、ドリンクと料理を適当に注文して一息ついた。保の隣に啓介、正面が草次郎だ。

草次郎が背にした大きな窓から、ライトアップされた竹林が見える。井の頭公園の緑もあって、都会の喧騒《けんそう》を忘れさせてくれる居心地の好《よ》さだ。

ドリンクが先に運ばれてくる。

ささやかに乾杯をして料理を待つ間、保は草次郎に香菜のことを話した。

「香菜ちゃんなんにもないところで急に転んだんだよ、びっくりした」

「へぇ。昔のお前みたいだな、保」

草次郎の言葉に保は半眼になる。隣の啓介が苦笑した。

「保、お前、いたいのいたいのとんでいけ、て叫んだんだって？」

うっと詰まって、保は頭を抱えた。

いくらなんでも、咄嗟《とっさ》に出てくる言葉が子供だましのおまじないというのはどうなのだ。

泣きかけていた香菜がきょとんとしていたのを思い出す。あれは、あのおまじないを初めて聞いた、という顔だった。

なぜもう少し気の利いた言葉が出てこなかったのか。実に悔やまれてならない。

「俺って奴は、なんであんなことを……」

しかも、微妙に間違えていた気がする。

草次郎が首を傾げる。

「おまじないって奴は、結構効くぞ？　なぁ、啓介」

保は目をしばたたかせて、啓介を見た。彼が手にするグラスには、気泡の立っている淡い紫のソフトドリンクがなみなみと注がれている。保も草次郎も同じものだ。

啓介は淡々と答えた。

「まあ、そうですね。昔から伝わっていることには、何かしらの意味がある」

「そらな」

あまり表情の変わらない啓介に、草次郎は満足げに頷く。

そこに料理が運ばれてきた。銘々取り分けてすぐに皿を下げてもらう。こうしないと皿がテーブルに載らなくなるからだ。

サラダを黙々と口に運んでいる啓介を見ながら、保は思い出した。

すっかり忘れていたが、そういえば啓介はおっかない木のスペシャリストなのだった。木についてだけでなく、おっかないことについて色々詳しいらしい。

ということは、おまじないとかにも詳しかったりするのだろうか。

「あのさ、啓介さん」

口を開いたタイミングで、啓介が皿を指した。

「保、これ食べていいぞ」

「え、いいの？　わーい」

最後の唐揚げをもらった保は嬉々《きき》として箸《はし》をのばす。空になった皿をテーブルの脇に寄せて、啓介は言った。

「なんだって？」

熱々の唐揚げをはふはふ言いながら食べた保は、ドリンクを飲んでから口を開いた。

「おまじないって、どのくらい効くもんなのかな」

箸を止めた啓介が、斜め上を見て考えるそぶりをした。

「……時と場合と使う人間によるな」

軽い気持ちで訊《き》いた保は、思った以上に重い響きで答えが返ってきたので、内心焦った。

え、そんな真剣に考えてくれなくていいっていうか、いやなんていうかこう、……ごめんなさい。

「香菜ちゃんの怪我には効いただろ」

草次郎が口を挟むと、啓介は腕を組む。

「うーん。まぁ、今回はまじないが効いたというより、突然意味のわからないことを叫ばれてびっくりして痛みを忘れた、というほうが正しい気もしますが」

「違いない」

草次郎が愉快そうに笑うと、啓介はさつま揚げに箸をのばした。

「ちちんぷいぷいでも、痛いの痛いの飛んで行けでも、効くときは効くし、効かないときは効かない」

そのとき、男の怒鳴り声が響いた。

さつま揚げ一切れを口の中に放り込んだ啓介は、瞬《まばた》きをして視線を滑らせる。保と草次郎も怪訝《けげん》な顔でそちらを見やった。

奥の個室からだった。仕切は薄い襖《ふすま》なので、大声を出すと筒抜けだ。

保はつい耳を澄ました。怒鳴り声のあとに慌てたような女性の声がする。なだめている様子だ。

最初のものほどではないが、語気を荒らげて話す男性が何人かいるらしい。個室は四人以上から使えるはずだから、最低でも四人があの個室にいることになる。

「女が三人で、男が三人だな」

グラスを持った啓介が呟《つぶや》く。

「え、そうなの」

保も耳を澄ましていたが、性別と人数を把握できるほどはっきりとは聞き取れない。

「料理がまずくなるから、揉《も》め事はやめてほしいな」

嘆息する啓介に、草次郎が片眉《かたまゆ》をあげて見せた。

「それこそ、あの個室の連中が早く帰るようなまじないはないのか、啓介よ」

「ありますけど」

「じゃあやってくれ。俺は楽しくおいしく食いたい」

「俺もです。でも……」

啓介が視線を奥に向ける。

「必要ないですよ。じきに出てくる」

保は箸をくわえて啓介の視線を追った。

個室を見ていた啓介が、ふと腰の辺りに手をやった。ポケットから出した携帯電話が光って振動している。

表示されている番号を一瞥《いちべつ》した啓介は立ち上がった。

「すみません、ちょっと」

草次郎が片手を上げる。啓介は目で応じながら席を離れると、足早に出入口のほうに歩いていく。店内から出て外で通話するつもりだろう。

「仕事の電話かな？　こんな時間に珍しいね」

とっくに営業時間外だ。店ではなく啓介の携帯に直接かかってくるということは、同業者からだろうか。

「かもな」

草次郎が返したとき、個室の戸が開いて、中年の男女三人ずつが黙って出てきた。彼らは不機嫌さを隠しもせずに個室をあとにする。

開け放たれた個室の戸を何気なく振り返った保は、その陰から七歳くらいの男の子がそうっと顔を出したのを認めた。怯《おび》えたような表情で、六人の大人たちの背をじっと見つめている。

目が離せないでいると、男の子は保の視線に気づいて、じっと見返してきた。保は内心焦った。いや、そんな目で見られても、部外者の俺には何もできないし何も言えないし。

うろたえて、グラスを取る動作のついでに目を背ける。皿の料理をつついて口に運んだが、味がまったくしなかった。

皿を見るふりをしながらそうっと様子を窺《うかが》うと、男の子はうつむいて、大人たちのあとを追っていった。

会計している女性のそばで足を止め、彼はすがるような目をしている。

つい顔を向けると、男の子が保を顧みそうになった。保は慌てて目線を落とし、料理を口に押し込む。

会計を済ませた女性は、男の子を見向きもしない。自分を置いて行ってしまった五人に対してか、怒りをにじませながら店から出ると、彼女は足早に去っていく。

男の子はそのあとに黙ってついていった。

大人の言い争いを見せられた子供の心情を思いやり、保は暗い気持ちになった。少しは気遣ってやればいいのに。ひとごとでも、ああいうのは気分が悪い。

などと思ったが、目を逸《そ》らした時点で保も同類になった、気がする。

どうにも目が離せなかった。あの子は香菜と同じくらいの歳ではなかったか。

けれども、関係ないのも本当で、声をかけるとかそういう行動も何か違う気がする。

こういうときは、どうするのが一番良かったんだろう。

胸の奥が妙に重い。なんだか体まで重い気がしてきた。精神状態が体に顕著に表れるってほんとだなと、ぼんやり考える。

グラスのドリンクを一気に飲んで、手を上げて店員を呼ぶ。

「すいません、同じものを」

いつもはおいしいはずのドリンクがあまりそう感じられないのは、嫌な気分になったからだろう。

できる限り食事は楽しくおいしく頂きたい。痛いわけではないけれど、嫌な気分も飛んで行け、と叫んだら少しは気が晴れるだろうか。

こういうのもおまじないになるのかなー、でもただのこじつけの気もするしなー。悶々《もんもん》と考えていると、出入口の扉の外で通話をしていた啓介が、携帯を片手にようやく戻ってきた。

「すみませんでした」

ポケットに携帯を入れながら詫《わ》びる啓介に、草次郎が尋ねる。

「仕事か？」

「はい。明日《あした》ちょっと出かけます」

「わかった」

席についた啓介は、店員が片づけをしている個室を一瞥して息をついた。

「嫌なものですね、財産がらみの諍《いさか》いは」

啓介の言葉に、草次郎は渋面になった。

「ああ、そういうことか。確かに嫌なもんだ」

保も頷《うなず》きかけて、瞬きをした。

「え？　財産がらみ？」

怪訝な顔をする保に啓介が頷く。

「聞こえてきた言葉をつなぎ合わせると、そんな感じだった。取り分で揉めていたらしい」

「聞こえてきた、て……」

怒鳴り声はしたが、それほどはっきり聞こえてはいなかった。少なくとも保には、言い争いの内容などまったくわからなかった。

立てた親指で啓介を示しながら草次郎が言った。

「こいつは耳がいいんだよ。木の幹の中の音なんか、俺よりよっぽど聞き分ける」

「えっ、草じいちゃんよりも？」

それは凄《すご》い。八王子の祖父が、俺も大概の奴には引けを取らないつもりだがあいつにはかなわない、と舌を巻いているほどの草次郎が、自分よりも上だと認めているとは。

目を丸くする保に、啓介は肩をすくめるだけで何も言わない。

「そろそろ締めのご飯ものにするか」

草次郎がメニューを開き、いつものお茶漬けを三つ注文した。


翌朝、家を出た保は生垣のあたりで久々につんのめった。

「おわっ！」

なんとか堪《こら》えて転びはしなかった。

足を取られるようなものは何もない。

「……いっそ器用だな、俺」

こんなに何もないところで転べるなんて。全然嬉《うれ》しくないが。

口をへの字に曲げて、石でもあったのではと視線をめぐらせていた保は、店の中からじっとこちらを見ている啓介と目が合った。

保はげっとうめいた。子供の頃ならいざ知らず、いい歳をして転びかけ、あまつさえそれをひとに見られるなんて。

啓介が、ばかにして笑うような性格ではないことだけが救いだ。

「ううううう……」

低くうなりながら歩きだした保は、店のドアが開いてひとが出てくる足音を聞いた。

啓介が朝の日課である温室と生垣の水やりをするのだろう。

久しぶりに転びかけたので、いつも以上に慎重に歩いた結果、大学につく頃にはいやに疲れていた。

通学だけでこんなにくたくたになるって、どうなの、俺。

一日のはじめに嫌なことがあると、その日はついていないことが多い。気分もふさぐし、余計なことばかり考えてしまうものだ。

子供のころの嫌なことなどが甦《よみがえ》ってきてぐるぐると考えて意味もなく落ち込んでしまい、午前中の講義がほとんど耳に入らなかった。

「気にしすぎるからよくないいんだよな……」

こんな日は、午後の講義を自主休講してすぐそこのA.K Laboのケーキでも食べて珈琲《コーヒー》でも飲んで、気分転換をしよう。

「そうだそうだそうしよう」

うんうんと頷いた時、肩を叩《たた》かれた。

「保くん」

突然呼ばれ、保は飛び上がりそうになった。

「嘘ですごめんなさいもうしません！」

思わず言い訳をしながら振り返ると、片手を上げた香澄が目を丸くしていた。

文学部二年の芳垣香澄は、清楚《せいそ》な美人で狙っている男どもが多いと聞く。しかし、特に親しい相手はいないようだ。

保にはかなり好意的に接してくれている。彼女に気のある野郎どもの目が怖い程度に。が、どう深読みをしたくても香澄の態度からは恋愛要素は欠片《かけら》も感じられないので、彼らの敵意は実は筋違いだ。

しかし、それをわざわざ教えてやるほど保は親切ではない。理不尽な敵愾心《てきがいしん》をあちこちから向けられているのだから、少しくらい誤解させてやって何が悪い。

ふははは、悔しがれ悔しがれ。俺は芳垣先輩のプライベートな家族関係だって知ってるんだぞいいだろう！

などとはとても口に出しては言えない。それに、プライベートを知っているのはやむにやまれぬ事情ゆえだったので、羨《うらや》まれるような色っぽい理由ではまったくないし、どちらかといえば二度とごめんな類《たぐい》の話だ。

「どうしたの？」

首を傾げる香澄に、保はばつの悪い顔で頭を掻《か》いた。

「あー…すいません、ちょっと考え事をしてて」

「何か心配事とか？」

「いえいえ。そんな深刻なものじゃなくて、昔のことでちょっとぐるぐるしたというか、嫌なこと思い出したんですよね。まぁ、大したことじゃないんですけど」

彼女は何か感じるところがあったのか、真剣な面持ちで頷いた。

「そういうことって、あるわよね」

ひとというのは不思議なもので、共感してもらえるとそれだけで心がすうっと軽くなる。

「ですよね」

「うん」

ふたりで頷きあって、気分が浮上した保は話題を変えた。

「先輩、俺に何か用ですか？」

「あ、そうだった。保くん、今日って時間ある？」

保は少し考えた。冷蔵庫が空っぽなので、帰りに八幡宮《はちまんぐう》の横のスーパーに寄って買い物をする予定だったのだ。それに、夕飯を作らなければならないので、あまり遅くはなれない。

しかし、香澄の頼みは、あまり断りたくない。だって彼女は美人なのだ。肩より少し長い綺麗《きれい》な髪はまっすぐで、小首を傾げるたびにさらさらと揺れる。肌も白くて、スタイルもよくて、黒目勝ちの二重の目も綺麗だ。いまこうやって話をしているだけで嬉しくなるし、実に気分がいい。さっきまでの落ち込み加減が嘘のように。

こんな美人の頼みを断るなんて、もったいない。力いっぱいそう思う保である。

「うーん……、なんですか？」

「梅の木がね、なんだか元気がないみたいだってお祖母《ばあ》ちゃんが気にしてるの。できたら様子を見に来てもらいたいんだけど、だめかしら」

そういうことなら話は別だ。

「いいですよ、行きます」

香澄の家の梅の木は、保が挿し木したものなのだ。

元気のいい枝を選んで三つの鉢に一枝ずつ挿し木したのだが、うまく根付かなかったのだろうか。

香澄はほっと息をついた。

「よかった。じゃあ、終わってから門の所で待ってるわね」

そうして、腕の時計で時間を確認した彼女は、次の講義の準備があるからと去っていった。

保は携帯を出すと、店に電話をした。出たのは草次郎で、香澄の家の梅の様子を見に行くことになったから夕飯が遅くなると告げると、適当にやるから気にしなくていいと返ってきた。

通話を切った保は息をついた。

料理は保の仕事だが、ガーデンショップに関する仕事があるときは、そちらを優先することになっている。

まずは香澄の家に行き、様子を見る。必要だったらプロの草次郎か啓介に頼んだほうがいいだろう。

考えながら歩き出した保は、何かにつまずいてバランスを崩した。

「うおっ！」

かろうじて転倒を免れた。足元を見ると、ほんの小さな段差があった。

そうっと周りを窺《うかが》う。幸いなことに、近くに人影はなかった。

「よかった、見られなくて」

いくらなんでも、こんなわずかな段差で派手に転びかけるなんて、恥ずかしすぎる。

「朝からこっち転びぐせでもついたかな……やなくせだなー……」

本気で嫌そうに呟《つぶや》きながら、保は午後の講義の教室に向かった。


芳垣家を訪れるのは、梅の挿し木をして以来だ。

出迎えてくれた香澄の祖母和江は、前に会ったときより随分顔色も良くなって元気そうだった。

庭の中央付近に設置された棚の上に並んだ三つの鉢に、小さな梅の枝が生えている。

「私が見てもよくわからないんだけど、お祖母ちゃんは元気がないって言うのよね」

「ほんとにねぇ。どうしてわからないのかしら。ほら、この子が特に元気がないのよ」

和江が右の鉢の梅を指す。膝《ひざ》を折って顔を近づけ、小さなその枝をじっくりと見た保は、ううんと唸《うな》った。鉢を手に持って、ためつすがめつ見る。

保が見る限り、香澄の言うことのほうが正しいように思える。

「言われるほどではないように、俺にも見えますねぇ……」

和江の顔を見て、保は内心しまった、と狼狽《うろた》えた。

実に悲しそうな、寂しそうな面持ちで、じっと保の手元を見つめている。

三本の梅の枝は、和江の夫が大事に育てていた梅の木から切ったもので、保が思っている以上に大切に大切にしていることが察せられる。

「……ええと、お日様には当ててますよね」

「ええ。少しずつ鉢を回して、まんべんなく日が当たるように気をつけているわ」

鉢を置いた棚は、風通しの良い位置に据えられて、陽当たりを邪魔するようなものもない。棚を囲むようにプランターや鉢が並び、それらと芝生が庭に面した窓の前に置かれた簀子《すのこ》からの小道を作る配置になっている。

以前訪れたときよりプランターの花が増えたなと思った。それと、庭のすみのほうを柵《さく》で仕切った小さな畝が見える。家庭菜園だろうか。

芳垣家の敷地を囲むのは、保の背丈ほどある生垣だ。木々の間に小さな子供ならなんとか通れそうな隙間があいている。駐車場の周りはブロック塀だ。

それらを見回した保は、目をしばたたかせた。

草木に少し、瑞々《みずみず》しさが欠けているような感じが、する。しおれている、とまではいかないし、一見しただけではわからない程度だ。それでも確かに、ほんの少しだけ、元気がない。

もう一度梅を見つめる。梅には異常は見受けられない。

「水も、毎日あげてますよね？」

「ええ。久世さんがくださった、この指示書のとおりにちゃんと」

和江が見せてきたのは、挿し木を手伝ってくれた啓介が書いた、根付くまでと根付いてからの手入れの仕方を箇条書きしたメモ用紙だ。

指示書というほど大仰なものではないのだが、細々としたことが丁寧に書かれていて、慣れない和江にもわかるようにという心配りが感じられるものだった。

大叔父《おおおじ》の店で十年以上従業員として働いている啓介は、保よりずっと木に詳しい。これに従えば、よほどのことがない限り失敗はしないと思う。

と、考えて、保は心の中でいいや、と呟いた。

木は、生き物だ。日光を当てて水をやっているだけで元気に育つかというと、実はそんなことはない。

和江が元気がないと言っている枝の、根元のあたりの土を少しのけてみる。枝の先からは細くて白い根が数本ずつ生えていて、きちんと根付こうとしている生命力が見て取れた。ほかの枝も同じだ。

ちゃんと根がのびている。それに、枯れそうなものはひと目でそうと感じられるものだ。和江の取り越し苦労ではないだろうか。

「うーん……」

少し考えた保は、ふと首を傾けた。

梅の棚を囲むように植えられた草花たちのことが、妙に気にかかった。

「あの、先輩。俺には、ほかの草花のほうが、ちょっと元気がないように見えるんですけど……」

香澄は庭を見回した。

「……言われてみたら、そうかも…」

彼女は眉根《まゆね》を寄せて、祖母に尋ねた。

「お祖母ちゃん、どう思う？」

おっとりとした優しい風貌《ふうぼう》の老女は、庭を見回して瞬《まばた》きをした。

「……あら。そういえば、どうしてかしら」

頬に手を当てて訝《いぶか》る和江に、立ち上がった保がこう言った。

「お祖母さんが梅の枝を大事にしすぎてるから、かも……」

和江と香澄が同時に目を丸くする。

保は言葉を選びながらつづけた。

「先輩から聞いたんですが、この草花の手入れをされてるのって、お祖母《ばあ》さんなんですよね？」

頷《うなず》いた和江は、つい最近この家にやってきて香澄たちと暮らすようになったばかりだ。それまではずっと、梅の枝の本になった木のある一軒家に住んでいた。

保が前にここに来たとき、ここまで草花は多くなかった。和江が手をかけるようになってから草花が増えたのだ。

ちょっと天を見上げて、保はううんと唸る。

「ものすごく胡散臭《うさんくさ》い言いかたになるんですけど……、なんていうか、元気がないんじゃなくて、お祖母さんを心配してるような感じが、しますねぇ」

「ええ？」

声を上げたのは香澄で、和江は言葉もない。

彼女たちの瞳《ひとみ》が困惑に染まるのを見て取り、保は慌てて言い添える。

「ほら、聞いたことありません？　サボテンはひとの言葉がわかるって。サボテンだけじゃなくて、草も木も花も、全部そうだと思うんですよ、俺。で、お祖母さんは病み上がりじゃないですか。だから、もしかしたら草花が自分たちの元気をお祖母さんに分けてるんじゃないかな、と……」

言いながら保は、なんてことは信じてもらえないよな、と生ぬるい気分だった。

幼い頃から植物に囲まれて育った保は、怪我をしたら切り花があっという間にしおれたとか、家族が病気になったら庭の木がしおれたとか、草が枯れたとか、花がきゅうっとしぼんで落ちたとか、そういう現象を目の当たりにしている。

和江は膝を折って、三つの鉢を見つめた。

「じゃあ、この子たちも私を心配してくれているの？」

保は腕を組んだ。

「それもあると思いますけど、お祖母さんがすごく心配しているから、その心配する気持ちで元気がなくなっているのかもしれません」

「大事にしすぎって、心配しすぎってこと？」

怪訝《けげん》な面持ちで口を開いた香澄に、保は大きく頷いた。

「そうです、それです」

和江は保を見上げて瞬きをすると、梅の鉢に向き直って神妙な顔をした。

「そうなの？　じゃあ、悪いことをしちゃったわねぇ……」

「あ、いえいえ。言葉をかけたり心を向けたりは、いいことなんですよ。俺もよくうちの温室の花に話しかけてますし」

「そうなんだ」

「はい」

頷いた保は、はっとして香澄を恐る恐る見やった。彼女は面白いものを見るような目をしている。

しまった、つい本当のことを言ってしまった。

いい加減図体《ずうたい》はおとなの保が、じょうろを手にしてプランターの植物たちにいちいち話しかけているなんてことは、家族たちだけしか知らなかったというのに。

いや、最近は香菜もそこに加わって、綺麗《きれい》な花が咲くためのおまじないみたいなもんだよ、おまじないはひとに言ったらだめなんだよ、だからみんなには内緒だよ。

なんて約束をするという、共有の秘密だったのだ。

猛烈な恥ずかしさで顔から火が出そうだが、ここで転がりまわってのたうつことはさすがにできない。心の中でそれを実行しながら、保は極力平静を装った。

「まぁ、そういうことじゃないかなと思うんで、しばらく様子を見てみてください」

和江がしっかりと頷いた。

「わかったわ。ちゃんと声をかけてあげるようにするわね」

「……や……それは……別に……しなくても……」

消え入りそうに返しながらそうっと香澄を一瞥《いちべつ》すると、彼女は口元に手を当てて笑っているようだった。

恥ずかしい。早く帰りたい。

なんとか踏みとどまっていた保は、立ち上がった和江がため息まじりに呟《つぶや》くのを聞いた。

「良かった。あの子が何かいたずらをしたのかと思ったけど、私の思い過ごしだったのね」

保と、同じように祖母の呟きを聞いた香澄が、同時に瞬きをした。

「え？」

口を開いたのは香澄だ。

「あの子？　え、何かあったの、お祖母ちゃん」

和江は少し険しい顔になる。

「何日か前の夕方に、水をあげようと思って外に出たら、この子たちのところに子供がいたのよ」

夕暮れに染まった空が、もうすぐ夜に変わる頃だった。

背中を向けていたが、男の子だということはわかった。西日が眩《まぶ》しかったし、ちょうど、一番ものが見えにくい時間だった。

その子は鉢に手をのばして、枝に触れようとしていた。

和江には、その子が、ようやく根付きかけた枝を無造作に引き抜こうとしているように感じられて、思わず声を上げていた。

西日の中で男の子は振り返り、和江を見た、と思った。

眩しくて顔はよく見えなかった。いまどき珍しい、紺と赤とベージュのアーガイル柄の長袖《ながそで》の服と膝丈《ひざたけ》のズボンを着ていたのはわかった。

和江が近づこうとすると、その子は駆け出して、生垣の隙間を抜けて逃げた。

慌てて鉢に近寄った和江は、梅の無事を確かめてほっとした。

しかし、それから毎日のように、気づくと庭にあの子が入り込んでいる。視界のすみに何かが見えて、振り向くとあの子が逃げていく様が見えた。

今日こそは顔を見てやろうと思うのだが、いつもいつも逃げられてしまう。

香澄が青くなった。

「お祖母ちゃん、もっと早く言ってよ。勝手に入るなんて、どこの子かしら」

近所で子供がいる家庭はそれほど多くない。しかし、子供というのは時々とても遠いところまで遊びに行ったりするから、近所の子とは限らない。

「生垣の隙間から入ってくるから、ちょっと考えたほうがいいかもしれないわねぇ」

和江が深刻な顔をする。香澄がそれに頷いた。

保はひとつ瞬きをした。これはもしや。来い、来い、流れよ来い。

困った顔で息をついた和江は、ふいに手を叩《たた》いた。

「そうだわ。丹羽さんにお願いしましょう」

「あ、そうね。それがいいわ。保くん、お願いできる？」

振り返った香澄に、保は力強く応じた。

「勿論《もちろん》です、お任せください」

表面上は落ち着き払っているが、内心は小躍りしている保である。

やったぜ芳垣家の庭はうちに任された、ひゃっほう。

新規の顧客開拓および営業もまた、ガーデンショップ『栽－SAI－』の従業員の仕事のうちだ。

本日の夕飯を作らなかったことはこれで相殺される。たぶん。

「帰ったら社長に報告しますね。近いうちに連絡が来ると思います。それと、念のため、あとで梅にやる肥料を持ってきますよ」

段取りをつける保に嬉《うれ》しそうに頷いて、和江は梅の鉢に話しかけた。

「良かったわねぇ、お前たち。三人とも元気に育ってね」

まるで我が子に語りかけるような彼女の姿に、保は微笑ましさを覚えた。

「じゃあ俺そろそろ……」

踵《きびす》を返した保は、ふいに何かに足を取られて、バランスを崩した。後ろ向きにぐらっと倒れかかる。

このまま倒れたら、プランターの花が潰《つぶ》れる。

意地で体をひねり、プランターをよけて妙な体勢で倒れた保は、肘《ひじ》をしたたか打った。顔をしかめて小さくうめきながら足元を見る。

左足に何かが絡まったのだ。

しかし、そこには何もなかった。

「あれ……？」

啞然《あぜん》とした保の耳に、香澄と和江の悲鳴じみた声が突き刺さった。

「保くん、大丈夫⁉」

「動ける⁉」

「……あ、はい。大丈夫です」

立ち上がりながら保は頭を掻《か》いた。

「すみません、不注意で花を潰しちゃうところだった……」

香澄が少し青ざめて首を振る。

「そんなのいいのよ。それより、ちゃんとよけてくれて本当によかった」

彼女の言葉に、保は視線を滑らせる。プランターがあるのを見ていたから、必死で体をひねってよけたのだ。

改めてプランターを見た保は、ぞっとした。

木製やプラスチック製のプランターの近くに、花の植えられた鉢代わりの古いブリキのバケツが並んでいる。

保がもしも仰向《あおむ》けに倒れていたら、ちょうど首の後ろ、うなじの辺りにバケツのふちが当たる位置だ。へたをしたら首に食い込んで、延髄とか脊髄《せきずい》とか、とにかくまずいところを損傷して、しゃれにならない事態に陥っていたかもしれない。

香澄や和江が青くなっているのも当然だった。

足元を確かめる。やはり、何もない。

「…………」

ふいに視線を感じて、保はそちらを振り向いた。

生垣の隙間に、小さな顔があった。目が合う。

ざっと音を立てて子供が顔を引き、そのまま駆けていく。

保は微動だに出来なかった。

こちらをじっと見ていた子供。

確かに、笑っていた。

陽が暮れる前に芳垣家を出た保は、駅までの道を歩きながら小さく唸《うな》った。

「あれが庭に入り込んだ悪がき、だよなぁ、たぶん……」

どこの子か知らないが、生垣の隙間から他人様《ひとさま》の家を覗《のぞ》くなんて失礼な話だ。

「ひとが転んだのを見て笑いやがって」

ぶつぶつと呟いていた保は、すぐ横を通り過ぎた乗用車が停まったのを、何気なく見やった。

車内から出てきた女に目をとめて、瞬《まばた》きをする。四十代後半か五十代前半くらいの、不機嫌そうに顔をしかめた女。運転席から降りてきたのも、ほぼ同年代の男。

「どこかで……」

見覚えがある、気がする。誰だろう。

怪訝《けげん》そうに眉《まゆ》をひそめた保は、彼らが入ろうとしている家の庭のほうから走り出てきた子供を見て、あっと目を瞠《みは》った。

思い出した。「金の猿」にいた親子だ。

母親のほうは、出てきた男の子に見向きもしない。父親もだ。

「冷たい親だな……」

ひとごとながら、可哀想になってくる。

両親があの歳ということは、だいぶ遅くにできた子供だろうに。

父親が玄関の鍵《かぎ》を開けて入っていくと、母親がそのあとにつづいた。家の中は真っ暗で、彼らが入ってからようやく灯《あか》りが点《とも》される。子供は彼らのあとにはついていかず、庭に向かった。

「……よそ様の家、だけど……」

あんなに小さい子供を置いて出かけて、帰ってきても留守番をねぎらう風情もなければひとりにさせたことを詫《わ》びる様子もない。

塀の高さは保が背伸びをすればなんとか中が見える程度。

つま先立ちになって庭を覗くと、すみに大きなもみじの木が一本。その幹の陰に石の塊のようなものがある。その前で、子供がしゃがんでいた。

長袖の服と膝丈のズボンを着ている男の子だ。

「あれ？」

保は目をしばたたかせた。

紺と赤とベージュのアーガイルのシャツ。

よくよく考えると、和江が言っていた子供の出《い》で立ちと同じだ。ということは、あの子が芳垣家の庭に入り込んできたのか。

庭に面した部屋の灯りがついて、掃き出し窓が開く。父親が窓を開けたのだ。

子供は窓から部屋に上がった。父親は後ろを振り返って、何かを不機嫌そうにまくしたてている。

埃《ほこり》っぽくてかなわない、というようなことが聞き取れた。

見つかりそうになって、保は慌てて塀の陰に隠れた。何をしたわけでもないが、向こうからしたら庭を覗いている不審者だ。

入り込んできたのはたぶんここの子供だと、あとで香澄に報《しら》せておこう。

そのまま背を向けたので、保は気づかなかった。敷地の向こうから塀のてっぺんに小さな手がふたつ、のびてきて。いつの間にか庭に下りていた子供が、塀に両腕をかけて身を乗り出してくるのを。

大人たちの苛立《いらだ》った声がする。

子供が保の背をじっと見つめて、やがて塀を越そうと片足をかけた。

◇　◇　◇

東京行きの快速電車に乗り込んだ保は、幸いなことに席に座ることができて息をついた。

左足になんとなく目がいって、意味もなく足首を回したり、爪先《つまさき》を上げてみたりする。転んだ拍子に痛めてはいないかと、和江が随分心配してくれていた。

帰ろうと踵《きびす》を返したとき、急に何かに踵《かかと》が引っかかったか、絡まったかしたのだ。

香澄たちにはそう言った。たぶん石ころか何かでバランスを崩してしまったのだと。

「……」

けれども、保の足には、実は奇妙な違和感があった。

踵が引っかかったか、絡まったか。そんなことはない。何もなかった。本当は、石ころも、何も。

じゃあどうして仰向けに倒れそうになったのか。

保は、あえて考えないようにした。直視しなければ何事もなかったような気になるものだ。

あえて見ないふりをする。ときにはそれが最善の選択だ。

吉祥寺駅に到着したので、快速を降りる。夜の七時を少し回ったばかりの駅前は、人波であふれていた。

平日でもこんなに人があふれて、この街は活気に満ちている。いささか満ちすぎの感がなくもないが。

駅から吉祥寺通り沿いに歩いて百貨店のところを左折する。カフェレストランの角を右に曲がれば、うちはもうすぐそこだ。

アルミフレームの温室が見えた。

保は無意識にほっとした。

路《みち》を一本入っただけで、それまでの雑踏が嘘のように静かだ。

店舗にはまだ灯りがついていて、接客カウンターの向こうで、啓介がディスプレイを睨《にら》んでいた。

そういえば啓介は、今日は仕事でどこかに出かけていたはずだ。

保が帰ってきたのに気づいた啓介が立ち上がる。

「保、入るな」

入口を開けたところで、保は立ちすくんだ。

「え……？」

当惑する保に、カウンターから出てきた啓介がもう一度繰り返す。

「入るな」

「え……、啓介さん……？」

啓介の目が、怖かった。こんなに怖い、鋭い目で睨まれるのは、覚えている限りでは初めてだ。

「戻れ」

「え？」

「道路まで。――早く！」

ぴしゃりと言い放たれて、保は内心おろおろしながら道路まで後退《あとずさ》る。

後ろ向きに生垣を越えて道路に足を下ろした保は、足首に嫌な感触を覚えて息を呑《の》んだ。

「……っ！」

左足が動かない。そのまま仰向《あおむ》けに倒れそうになる。

さっきと同じだ。

「わっ……！」

腕を振って何とかバランスを取った保は、倒れる寸前で体勢を立て直す。

その耳に、手を叩《たた》く大きな音がふたつ、突き刺さった。

途端に左足が解き放たれた。跳ね上がった足に体を持って行かれそうになる。

顔面からアスファルトに突っ込みかけた保の襟を、のびた手がむんずと摑《つか》んだ。

襟を引かれた拍子に首が絞まって息が詰まる。

「……ぐぇっ」

気づけば、潰《つぶ》れたカエルのようなうめき声が喉《のど》の奥から漏れていた。

保はそのままアスファルトにへたり込む。何度か咳《せ》き込んで、呼吸がなんとか整ってから、そろそろと顔を上げる。

道路と敷地の境の縁石はごくわずかな段差になっている。その縁石の向こう側に立った啓介が、めったに見たことがないほど険しい顔をしていた。

「……け、いすけ、さん…？」

保は情けないことに、相当びびった。恐れおののくとか、そういうかっこいい表現ではなく、まさにびびってしまった。

啓介が腕を組んで息を吐き出す。

保はそろそろと立ち上がった。

「えーと…入っていい、でしょうか……」

目いっぱい引けた腰で尋ねると、不機嫌そうに頷《うなず》かれた。

「いい。入れ」

「はい」

踵を返した啓介について、保は縁石を越える。

ふっと、妙な感じがした。左の足首が軽い。

ということは、それまでなんとも言いようのない感覚がそこに残っていたのだ。

重い、というのとも違う。何か実体のないものが張り付いていたような感触。ジーンズの裾《すそ》越しに、保は確かにそれを感じていた。

店に入った保は、裾をまくって靴下をおろし、足首を確かめた。

「……」

保は引き攣《っ》った顔で靴下と裾を元に戻すと、来客用のソファセットにちんまり座って目を泳がせた。

見なかったこと、何もなかったこと、にできないかと、思考をフル回転させる。

視界のすみに啓介の険しい表情が映っている。

保はちらりと彼を見た。

「…見た？」

啓介は一度保の足首に視線を落とし、頷く。

「見た」

もみじのような形の赤黒いあざが足首の左右にふたつ、できていた。

もみじだと、思いたかった。赤くなったもみじの葉っぱ。

でもそれは、もみじなんかではない。

赤ん坊の手を、もみじのような、と表現することがある。

それは、赤ん坊のものほど小さくはない。子供の、手のひらのあと。

しばらくして、保がようやく口を開いた。

「……葉月ちゃんは？」

「とっくに帰ったよ」

「草じいちゃんは？」

「上だ。夕飯を食べて、録画しといたドラマを見ると言ってた」

「啓介さんは？」

「問い合わせの返信を書いてたところだ」

　啓介がひととおり答えてやると、保はゆっくりと頷いて、いやに重く長い息を吐き出した。

「……さっきから、左足、変に痛いんだよね」

「転びかけたときに変にひねったんだろう」

「そっかー。じゃしょうがないよねー」

　うんうんと頷いた保は、がばっと音を立てそうな勢いで啓介を振り向いた。

「違うでしょ絶対違うよねだって俺足ひねってないしどっちかっていうと啓介さんに襟掴まれて首が痛いよ！」

　一息にまくしたてる保に対し、啓介はあくまでも淡々としたものだ。

「そうか、それは悪かったな。でもそれくらいならすぐ治る、気にするな」

「そういう問題じゃないし！」

「そういう問題にしておけよ。うっかり掘り下げると聞きたくないことや知りたくないことまで掘り起こす羽目になるぞ」

ため息まじりの言葉に、保は腹の底からうめいた。

「えぇぇぇぇぇ？」

そこまで言われて、はいそうですかじゃあ気にするのやめます、なんて言えるわけがない。

左の裾をまくって靴下を引き下ろし、赤黒くなっている足首を目の高さまで持ち上げながら食い下がる。

「これなに⁉」

「手の痕《あと》だな」

「うん、そう。手の痕なんだよ。なんだ啓介さん、わかってるんじゃない」

啓介は、はいはいと言いたげな面持ちで、黙って首肯する。

「じゃなんでこんな痕がついてるの！」

「摑まれたからだろ」

「いつ、誰に⁉」

啓介は息をつく。

「さあ？　お前が当事者なんだから、お前のほうが心当たりがあるんじゃないのか」

保は半眼になった。

「冷たい……」

心当たりがあったらこんなにわめいたりしない。

責める眼差《まなざ》しを受けた啓介は肩をすくめる。

しばらく唸《うな》った保は、質問を変えた。

「さっき、どうして入るなって言ったわけ？」

「妙なのを連れてきてたからな」

「妙なの？」

目をしばたたかせると、啓介は両手で二度、拍手《かしわで》を打った。

「これで追い払えたから、大したことはない奴だった。にしても保、お前どこに行ったんだ」

あんな妙なものがついてくるような場所に、好きこのんで足を踏み入れるとは。

変な場所には極力近づかないのが吉だ。

「別に変なとこになんて行ってないよ。てか、妙なのってなに」

「さあ？」

「なんでそこでとぼけるかなー」

さすがにむかむかとしてきた保だが、啓介は目をすがめて反論する。

「とぼけてるわけじゃない。お前に説明してもわからないだろうなと思うだけだ」

「わかるかわからないか、言ってくれなきゃわからないじゃん」

むくれる保に、啓介はこめかみに指を当てて言葉を探すそぶりを見せた。

「……あやかし」

「……」

耳慣れない単語に、保は何度も瞬《まばた》きをした。

自分の足に残った赤黒い手の痕。子供のものとしか思えない大きさだが、よくよく見ると異様に指が長い、気がする。それに、ひねったのなら熱を持ちそうなのに、やけに冷たい。芯《しん》のほうまで冷えているような感じだ。

手の主は、保の前には出てこなかった。連れてきたと言われても、そんなものはいなかった。

ふっと、息を詰めて、保は思い当たった。

そういうもの、知っている。見たことはないけれど、話は聞いたことがある。

「……おばけ？」

啓介の口元が一瞬引き攣《つ》った。

「……当たらずとも遠からず、でもない気がするが……、まぁそんなところだ」

その微妙な返しに、保は口を尖《とが》らせた。

「えー、違うの？　おばけじゃないならなんなのさ」

「だから、あやかしだと言ってるだろう。普通の人には視えないあやしいものだよ」

釈然としない保は、眉間《みけん》にしわを寄せる。

「普通の人には見えないなら、その妙なおばけだかあやかしだかが、啓介さんはなんで見えるのさ」

「……………」

啓介は、保をまじまじと見下ろすと、はあああと大仰にため息をついた。

「お前、俺がこの間言ったことをきれいに忘れたな？」

「うん？」

保は腕を組んで天井を仰いだ。

何か言われただろうか。

記憶を手繰る。先日行ったばかりの日本料理店での草次郎と啓介の会話が、ぽんと浮かんだ。

おまじないなどについて妙に詳しく、そういえば、騒いでいる客たちをさっさと帰らせるようなものもあるとかなんとか言っていた。

そんな話になったのは、近所の香菜が転んで、つい叫んでしまったからだ。

ではなぜおまじないのことを啓介に訊《き》いたかといえば。

そこまで遡《さかのぼ》って、保はああと手を叩《たた》く。

「おっかない木のスペシャリストだ」

言ってから、保は自分の言葉に違和感を覚えて首をひねった。

「ん？　そういえばいまさらだけど、全然疑問に思わなかったけど、おっかない木のスペシャリストって、おまじないとかそういうの、別に知らなくてもいいんじゃ？」

なのになぜ啓介は詳しいのだろう。

それに、さっき彼はこうも言っていた。

普通の人には視えないあやしいものだよ、と。

まるで、啓介は普通ではないようではないか。

思考の沼にはまっていると、啓介はやれやれと言わんばかりの風情で肩をすくめ、保の斜め前のソファに腰を下ろした。

「俺はその筋の専門家なんだよ。怖い木が出たらそれを任されるだけで、木だけを扱うわけじゃない」

保は怪訝《けげん》そうに首を傾ける。

「木のスペシャリストじゃないの？」

「木も扱う専門家だと言ってるだろうが。胡散臭《うさんくさ》く聞こえるからあまり言わないことにしてるが、本職は陰陽師《おんみょうじ》だ」

耳慣れない単語に、保はひとつ瞬きをした。

おんみょーじ、おんみょーじ、穏明寺、恩妙字、温名地、てかなんじゃそら。

眉間のしわが深くなったとき、ふとひらめいた。

「うん？」

待てよ。――陰陽師？

頭の中で何度も繰り返していた言葉に、ようやくぴったりだと感じる文字が当てはまった。

ああ、それは聞いたことがある。何年か前に映画にもなったし、そういえば日本史や古典の授業でも何度か見たことがあるような。

「――え？」

呟《つぶや》いて、保は啓介を指さした。

「おんみょーじって……」

「人を指ささない」

慌てて指を下ろしながら、保は目を瞠《みは》った。

「占いとかおばけ退治とかする、あの日本版ゴーストバスターズ⁉」

途端に啓介が渋面になった。

「……その、著しく誤っている認識は、どこから正せばいいんだ……」

◇　◇　◇

翌日の昼下がり、保と啓介は、国立の芳垣家に向かった。

店名入りの軽トラックではなく、自家用の四輪駆動車だ。

助手席に乗った保は、左足首を回してみた。捻挫《ねんざ》をしたときのように痛む。冷えが残っているからだろうと啓介が言っていた。

普通の人では見えないものが視えるという啓介曰《いわ》く、保についてきたのはあやかしで、それがどさくさに紛れて丹羽家に入り込もうとしていたから制止し、拍手を打って祓《はら》ったのだという。

もし入り込まれていたらとてつもなくまずいことになったのか、と青くなった保だったが、啓介はあっさり首を振ってこう言った。

入られたら鬱陶《うっとう》しいから水際で止めただけ。

ええっ、それなのに俺はあんなにひどい目に遭ったのか！　首を絞められてそれはもう苦しかったのに！

保の抗議に対してはこうだった。

あれはお前が勝手に転びかけただけだ、むしろ顔面から地面につっこむのを止めてもらったことを感謝しろ。

ええええ、と保は据わった眼をしたが、言われてみると確かにその通りだったので、仕方なく引き下がった。

啓介に言わせると、庭師は副業なのだという。副業の割には大層な腕なのだが、どこまでいっても副業以上になることはないらしい。

ちなみに昨日は庭師として作庭に絡んだ仕事で出かけていたそうだ。しかし、よく聞くと、とあるところの庭に石があってそれを動かそうとすると色々なトラブルが起こるからちょっと見てほしい、という内容だった。

それって庭師の仕事じゃないのでは。

いやしかし、石を配置するのだって庭師の領分。問題なのは動かそうとするとトラブルが云々《うんぬん》のところだけだ。

ハンドルを握っている啓介を一瞥《いちべつ》して、何気ないふりで口を開く。

「昨日の仕事って」

「うん？」

「結局何が原因だったのとか、俺、聞いていい話？」

「いいよ。大したことじゃないし」

意を決して尋ねた保は、いささか拍子抜けしながらつづきを待つ。

「どこかの川から拾ってきた一抱えもある大きな丸い石を信心深いおじいさんがずっと大事にしていたんだが、そのおじいさんが寿命で亡くなって、庭のどまんなかの一番いい場所に陣取っている石が邪魔だから捨てようとしたところ、粗末に扱われたことに腹を立てた石が家の者たちに祟《たた》った」

すらすらと澱《よど》みなく、何かを読み上げるように告げられた台詞《せりふ》に、保はへぇと頷《うなず》きかけて、眉根《まゆね》を寄せた。

最後に何か物騒な単語がなかったか。

「は？　祟った？」

啓介はこともなげな風情で頷く。

「自然に磨かれて丸くなったような石だったのと、おじいさんの長年の信仰心があいまって、それなりにちゃんとした何かが宿ってたんだよ。それをないがしろにしたから怒って祟った」

啓介の横顔を見ながら、保は思った。

それなりにちゃんとした何かって、なんだろう。ついでに、石が怒るってどういう話だよ。しかも、怒るだけじゃなくて祟るとか、怖すぎる。

心の中で百面相をしている保を、啓介が一瞥する。

「ものには魂が宿ることくらい、お前だって知ってるだろう」

「いえ、知りませんが」

即答すると、啓介がため息をつく。

「八王子の耕一郎じいさんや社長が仕事道具を大事にしてるだろ。一番古い花鋏《はなばさみ》なんかは、そろそろ化けるぞ」

何に⁉

とはさすがに聞けず、保は前を見て口をへの字に曲げる。啓介は付け加えた。

「付喪神《つくもがみ》と言ってな。久世の家にはそういうのがごろごろしてる。丹羽の家にも結構多いぞ」

そこで啓介はいったん言葉を切った。

「奴らはそれほど悪さはしないが、いたずら好きなのが玉に瑕《きず》だ。特に子供をおちょくるのが楽しいらしい」

「へえ……」

適当に頷いた保は、あの家の近くに来たことに気づいた。芳垣家まではもうすぐだ。

視界に入ってきた見覚えのある塀を指して、保は何気なく言った。

「こないだの、財産争いで騒いでた人たちの家、あそこだよ」

「なんだって？」

怪訝そうに眉をひそめた啓介がブレーキを踏む。　四輪駆動車を塀に横付けして、保に問うた。

「どうしてそんなことを知ってるんだ？」

「あの中にいた夫婦がここに入ってったの、たまたま見たんだよ」

そうして保は、子供を見向きもしない大人たちを思い出して顔をしかめた。

「ひどいもんだよ。子供のことなんか全然気にしてなくて……」

ふいに、左の足首が痛くなった。

「ん？」

気づかないうちに変に体重をかけたかなと首をひねる。足首を確かめていた保は、何気なく窓を見て、瞬《まばた》きをした。

塀に両腕をかけた子供が、胸から上を出して保を見ている。

しばらくそうしていた子供は、やがてにんまりと笑った。両目と口が、三日月のような形に見える。

子供の口が三日月形のまま開いた。塀にかけていた右腕を挙げて、おいでおいでというように手招きをしてくる。

保は何度も目をしばたたかせた。

「え、いや、そんなことを言われても。これから先輩のところに行かなきゃだし……」

子供が笑ったまま首を傾ける。

窓を閉めているから聞こえないのだと思い当たった保は、窓を開けようとした。

しかし、隣から鋭い制止の声が飛んできた。

「よせ」

窓を開けるスイッチを押しかけた指を、弾《はじ》かれたように引く。

啓介の語気は、昨日の夜に聞いたのと同じ響きを持っていた。

振り返ろうとした保は、四駆が急発進したのでバランスを崩した。

「わっ⁉」

重力でシートに体が押し付けられる。

ちっと舌打ちが聞こえた。啓介だ。

見ると、肩越しに後ろを見やった啓介は、昨夜と同じ険しい目で、眉間《みけん》にしわを寄せている。

前に向き直った啓介は、法定速度を明らかに超えた四駆を更に加速させる。バックミラーをちらちらと確かめながらハンドルを切り、十字路にさしかかるたびに曲がる。

「啓介さん、こっちじゃないよ⁉」

芳垣家はまったく別の方角だ。

「いいから黙ってろ、舌を噛《か》むぞ」

バックミラーやサイドミラーを素早く見ながら何度も角を曲がり、目に飛び込んできた景色に、啓介は突然唸《うな》った。

「まずい……」

保は目を瞠《みは》った。

でたらめに曲がっていたように思えたのに、いつの間にかあの塀の家に向かう路《みち》に戻っている。

そんなはずはない。目的地である芳垣家とは正反対の方角に走っていたはずだ。少なくとも保はそう思っていた。

バックミラーを見ても何もない。だが、啓介は警戒しているように何度もミラーを見ている。

啓介は何を気にしているのか。

「おい保、振り向くのはやめておけ」

気配を読んだ啓介が警告したが、遅かった。

「……」

シート越しに後ろを振り返った保は、四駆のバックドアに張りついてにんまりと笑っている子供と、見事に目が合った。

絶句して硬直する保の耳に、啓介の声が飛び込んでくる。

「昨日やってみせただろう、手を叩《たた》け、二回」

「……え？」

「早く！」

保は慌てて、昨夜啓介がやったように見よう見まねで拍手《かしわで》を打つ。

啓介のものにくらべると随分軽い音だったが、それが響いた途端に子供が弾き飛ばされて道路に転がった。

「あ…！」

ちょうど塀の前に落ちた子供は、何事もなかった様子でぴょこんと立ち上がると、両目をやけに大きく開き、首を九十度曲げて、走り去る四駆を凝視する。

やがて子供は向きを変え、塀に吸い込まれていった。

うっかりそれを一部始終見てしまった保は、冷たい汗が背中をだらだらと流れ落ちるのを自覚した。

「……なに…あれ……」

ひとつだけわかっている。あれは、普通の子供じゃない。

真っ青になった保に、啓介は息をつきながら答えた。

「さあ？」

「さあ、って……！」

バックドアにへばりついていた子供の姿を思い出し、ぞわっと鳥肌が立つ。

塀の家から相当離れた場所で、啓介は四駆を路肩に寄せて停めた。

運転席から降りていく啓介につられて、保も助手席から降りる。

バックドアには、赤黒い子供の手形が数え切れないほどたくさんついていた。

引き攣《つ》った顔になった保は、手の形に見覚えがあることに気づいた。

途端に左足首が痛んだ。右膝《みぎひざ》をついて恐る恐る裾《すそ》をめくると、赤黒い手の痕《あと》が、まるで自己主張するように濃くなっているように見えた。

固まっている保の横で、啓介が不機嫌そうに呟《つぶや》く。

「こないだ洗車したばかりだったのに、はた迷惑な」

筋肉が強張《こわば》ってぎくしゃくする音を聞きながら、保は啓介を見上げた。

はた迷惑とか、そういう話と違う……！

目を剝《む》く保のことなど気にも留めず、車内から持ってきたタオルで汚れを拭《ふ》き取って拍手を二度打つと、啓介はさっさと運転席に乗り込んでいく。

後部席にタオルを放った啓介が促してくる。

「保、行くぞ。早く乗れ」

よろよろと助手席に戻った保は、うまくはまらないシートベルトに涙目になりながら口を開いた。

「あれ、なに」

「あれ？」

目をすがめる啓介は、背後を一瞥《いちべつ》して合点のいった顔をした。

「さあ？　強いていうならたまたま遭遇したただの亡霊だ、気にするな」

言ってから、彼は首を傾げる。

「いや待てよ。あれはお前を手招きしてたな、知り合いか？」

保はぶんぶん首を振る。亡霊と知己になった覚えはない。

「こないだ『金の猿』で目が合っただけだよっ」

あと、芳垣家の庭で生垣から覗《のぞ》いていたのを見たのと、塀越しに見かけたのと。

まくし立てると、啓介が瞬きをした。

「こないだ？」

保はこくこく頷《うなず》く。

「そうだよ、啓介さんもいたじゃ……」

言いかけて、啓介が携帯に出るために店の外に出ていたことを思い出した。

あの一行は啓介が帰ってくる前に店を出て行ったのだ。

しかし、啓介が通話していたのは店の扉のすぐ横だった。保たちの席は大きな窓ガラスの前で、啓介や、帰っていく大人たちと子供の姿も見えていた。

記憶を手繰るそぶりを見せた啓介は、得心のいった様子で言った。

「ああ、そういえば」

「俺、あの子と目が合ったんだけど、何も言えないしできないから、顔、背けちゃったんだよ。……もしかして、それがまずかったんじゃ……」

だから、怒らせたのだろうか。

さっき啓介が言っていた石のように、あの得体の知れない子供の姿の何かは、保に怒って追いかけてきたのか。

「目が合ったならしようがない」

「ええ!?」

青くなる保に、しかし啓介は思いもよらないことを言った。

「なるほど、自分が視えてるんだと思って気まぐれについてきたのか」

ひとりで納得している啓介に、保は半眼を向けた。

「……なにひとりで悟っちゃってんの、説明を求む、どういうことか詳しく、わかりやすく！」

啓介は、やれやれといった様子で息をつく。

そうして、おもむろにエンジンをかけた。

「あまり気にするな。出会いがしらの事故みたいなもので、波長が合っただけの話だ」

説明になってない、全然まったくなってない。

保の目がどんどん据わっていくのを横目で確認した啓介は、仕方がないなとばかりに肩をすくめた。

そこから芳垣家までは、まっすぐ行けば十分かからない程度の距離だ。

しかし啓介は、まっすぐ芳垣家に向かうことはせず、少し離れた場所にあるホームセンターに四駆を走らせた。

胡乱《うろん》げな保にカートを押させて店内を適当に回りながら、啓介は淡々と語る。

あれは亡霊で、保とはたまたま波長が合ってしまったからついてきた。

最近の保がやけに転んでいたのは、あれが足を引っ張っていたからだ。

放っておいても取り立てて問題はないはずだったが、たまたまあの子供の憑《つ》いた家が芳垣家の近くで、たまたま保はその前を通りかかって、たまたまあの子と再び目が合った。

そして今日、あの子供のことを話題にして、場所を示した。話題にするということは気持ちが向くということで、気持ちが向くとどんなものも飛び越えてつながってしまうものなのだ。

「それにしても、ただの亡霊にしてはいささか力が強かった。もしかしたら、あの家自体に何かがあるのかもな」

「…あ」

保は思い出した。

あの家の庭のすみに、大きなもみじの木が一本。その幹の陰に、石の塊のようなものがあった。

それを告げると、啓介は意味ありげに頷いた。

「なるほど……。良かったな、塀の向こうに行かずにすんで」

さらっと、凄《すさ》まじく恐ろしいことを言われた気がして、保は恐る恐る確かめる。

「……もし……塀の向こうに行ってた、ら……？」

啓介は瞬《まばた》きをひとつして、首を傾けた。

「さあ？」

これは本心で、何しろ啓介はその向こうに行ったことがない。

「お前の話を聞く限りでは、芳垣和江さんも目をつけられているっぽいからな。庭の手入れがてら、対処する」

怪訝《けげん》そうな顔をする保に、啓介は説明した。

「彼女はまだ目が合ってない。だから捕まらずにすんでいる」

それに、あの三鉢の梅がいる。あれらは芳垣の者たちを守っているのだ。

おそらく子供の形《なり》をしたあれは、邪魔な梅を取り除きたかったのだろう。挿し木したばかりの梅だ、じきにやられてしまったに違いない。

「芳垣さんは勘がいいな。ちゃんと必要なときに必要なことを選んでいる」

心の底から感心する啓介である。

一方の保は、据わりきった目でカートのカゴの中を睨《にら》んでいた。

入っているのは、つい先日の朝食のときにそろそろなくなりそうだと保が何気なく話したキッチンペーパーと、業務用のラップと、充電式の乾電池四本入りと、調味料の棚から粗塩、文具用品コーナーでは百枚入りの半紙、手芸用品のところにあった十個入りの丸い招福鈴、五本入りの根付紐《ねつけひも》。

なんとも脈絡のないラインナップである。

キッチンペーパーはいい。ラップもそろそろなくなりそうだったのを覚えている。塩はまだ買い置きがあった気がするのだが、まあいい、消耗品だ。充電式の乾電池は、そういえば何かに使うから買ってこなきゃなと草次郎が言っていた気がする。

しかし、半紙と鈴と根付紐はなんのためのものだ。

会計を済ませて四駆に戻った啓介は、鈴と根付紐をパッケージから出すと、鈴の上についた紐通しに根付紐を通した。

紐をつけた鈴を三つ作った啓介は、両手で挟んだそれを口の前に持ってきて、小さく何かを唱えると、ふっと息を吹き込んだ。

「ほら、持ってろ」

ひとつを渡された保は、白い紐のついた金色の鈴を訝《いぶか》しげに掲げる。

「なにこれ？」

「守り鈴だよ。しばらく持っていたら、まぁ大丈夫だろう」

「はあ…」

ホームセンターで売っていた紐と鈴にいかほどの効果があるのか、いまいち釈然としない保である。

するると、保の心中を読んだらしい啓介がこう言った。

「完全に離れるまで、二、三日必要なだけだからな。この程度で充分なんだよ」

保は瞬きをして、あっと声を上げた。

「そうか！　啓介さんは日本版ゴーストバスターズだ！　塀の向こうのあいつをやっつけるんだね！」

「違う」

間髪いれずに否定した啓介は、エンジンをかけながら息をつく。

「頼まれもしないのにわざわざそんな面倒なことをしてたまるか。あいつは形も気性も子供なんだ。手が出せなくなったらじきに飽きて諦《あきら》める」

あとは放っておくのだ。

「えええぇぇ」

助手席の保は納得できない顔をしているが、さっきも言ったように、頼まれもしていないことをする義理はないのだ。

芳垣家の庭は、仕事として頼まれたからそれなりの対処をする。保は家族だから守る。啓介がするのはそれだけだ。

ぶら下げた鈴をちりちり鳴らしながら、保は考えた。

「……あの家の人たちは、どうなるんだろ？」

啓介がなんと答えるかはなんとなくわかっている気がしたが、それでも一応尋ねてみる。

「さあ？」

予想通りの返答だった。

「俺は見てないから憶測だが、お前が見た石の塊は、祠《ほこら》か何かの可能性が高い」

子供がそこに祀《まつ》られているのか、それとはまた違うものなのかはわからない。

「もしかしたら諍《いさか》いはあれのせいだったのかもしれないし、これからも何かがあるかもしれない。あの中の誰かが本気で改めようと思ったら変わるかもしれないが……」

改められないように、きっとあれが邪魔をするだろう。

人が諍う姿は、よそから見たら滑稽《こっけい》なものだ。さぞ面白がっているだろう。

子供は善悪の分別がない。子供の形をしているものは、だからたちが悪い。
路肩によせて停まった四駆から降りた保は、うっかり左足に重心をかけてしまって
芳垣家が見えた。

バランスを崩した。

のびてきた啓介の手が、転ぶ寸前で保の襟を摑《つか》まえる。

首が絞まって息が詰まった保は、喉《のど》を押さえて咳《せ》き込みながら唸《うな》った。

「…助けてもらってなんだけど…苦しいんだけど……」

ありがたいのだが、襟ではなくて、肩とか腕とか、あまり支障のないところを摑んでもらえないだろうか。

「わかった。次からは気をつけよう」

澄まして応じた啓介に、頷《うなず》きかけた保は慌てて首を振った。

「いやいやいやっ。次とかないから、もう転ばないからっ」

大体、やけに転ぶようになったのは、あれと目が合って波長が合って、憑《つ》いて来られてしまったからで。

そこまで考えて、保はふと、昔のことを思い出した。

それはもうよく転んだ。何もないところで、どうしてここでと、大人たちが首をひねるような場所で。保自身もなぜなのかわからなくて、大人たちにはお前は歩くのが

下手なんだと言われ、そうなのかと納得した。

「……あれ？」

あれほど転びまくっていたのに、あまり転ばなくなったのは、啓介が摑まえてくれるようになった辺りからだ。

それまではしょっちゅう膝《ひざ》をすりむいて、かさぶたのない時期がないくらいだった。両足にはたくさんのあざがあった。よくよく思い起こせば、いびつなもみじの形に見えるものもなかったか。

物心つく前から母が手当てをしてくれていた。

――いたいのいたいの、とんでいけ

傷やあざが痛むたびに、そう言っては手を当ててくれた。文字通りの手当てというやつで、物心つく前から母の声で覚えているおまじないだ。

啓介と会ってからは、その役目が彼に割り当てられていた。

彼は保が転ぶたびに、そういえばなんだか不機嫌そうで、結構怖い顔をしていた。だから保は、よくわからないけれど啓介はおっかない人だ、と最初のうちは思っていたのだ。

どうして啓介が、怪我の手当てをすることになったのだろう。

派手にすりむいた膝に貼ったガーゼや絆創膏《ばんそうこう》に手を当てて、いつも啓介はなんて言っていたか。

——いたいのいたいのとんでいき、くものむこうへきえたまえ
母もずっと、同じようなおまじないをしてくれていたけれど、おっかない顔をしている啓介が少しだけ変わったおまじないをすると、嘘のように痛みがなくなった。

そして、痛みが消えるのと一緒に、あれほどたくさんできていたもみじのあざも、いつの間にかなくなっていた。

先を行く啓介の背を見つめて、口を開く。

「あのさぁ…昔、俺、よく転んでたよね…」

肩越しに振り返った啓介が、ああと応じる。

「好かれてたな、いろんなのに」

ざっと音を立てて血の気が引く。

「好かれてたって、何に⁉　いろんなって、何⁉」

目を剝《む》いて青ざめる保に、啓介は肩をすくめる。

「さあ？」

そして啓介は、目をすがめてにやりと笑った。

三話　たそがれの窓としがらみの蔦

たとえば、美しいとはどういうことか。

「……手入れの行き届いた秩序のあるガーデニングされた庭」

しゃがみこんで名前も知らない草をぶちぶちと抜いていた保は、ぼんやりとした表情で呟《つぶや》いた。

単調な作業に慣れた脳が半ば自己催眠状態に陥って、朦朧《もうろう》としているのだ。

よく晴れた初夏の昼下がりで、風は涼しく陽射しもぽかぽかと心地よい。窓を開けて昼寝をしたらさぞかし気持ちいいだろう。

そんなことを思いながら、額にうっすらとにじんだ汗を拭《ぬぐ》う。

ふうと息をついて視線をめぐらせる。

手入れされていない秩序もまるでないここは、だから美しくないのだ。

保の腰まで高さのある草、膝丈《ひざたけ》の草、その下に地を這《は》うような蔓《つる》を縦横無尽にうねうねとのばした草。

草、草、草。ちょっと大きな石なんかもたくさん転がっている。敷地の奥に葛《くず》だか何かの蔓草がわさっと盛り上がっている。たぶん庭木が生い茂った蔓草に覆われているのだろう。

「この葛、農薬も何も使われてないんだし、根っこ掘り起こして集めたら使えないかなー」

葛の根は風邪や肩こりに効く葛根湯《かっこんとう》の材料になる。よく聞く葛根湯に八王子の実家の周りに大繁殖しているあの葛も入っているのだと知ったのは、小学生の頃だったろうか。

葛の除去は子どもたちの仕事だったので、兄の繁と一緒に休みのたびに鎌を振りまわし、根っこを引っこ抜いたものだ。

あれだけ頑張って根っこを抜きつづけても、葛はたくましく、何度でも芽を出してわさっとのびるのである。

「そういや、こういう蔦《つた》って、いつの間にか壁を這ってるよなぁ……」

古いアパートの外壁はあちこちが変色してひび割れ、窓枠や手すりは塗装がはがれて赤サビが浮いている。重苦しい感じがして朽ち果てた廃墟《はいきょ》じみている様相に、さらにザ・廃墟、な印象を増幅させているのが壁中に這っている蔦だ。

建物は蔦に、庭は草と葛に。包まれている様はまるで都会の中のちょっとしたオアシス的なぷちジャングル。

「……表現を変えてもあまり意味がなかった」

オアシスじゃないし。ぷちでもないし。虫とか虫とかたくさんいるし。

蔓と蔦と雑草に覆われた庭は鬱蒼《うっそう》として気味悪さばかりが浮き立つ代物だ。

「トカゲもダンゴ虫もいっぱいいるしなー」

ここは一応吉祥寺と地名についているのだが、この有様だけを見たら、どこの山裾《やますそ》の野原だ、と突っ込みたくなる。

いやいや、吉祥寺と名のつくところには畑もあるし林もあるし、ヤモリだってウシガエルだっているのだ。おしゃれでにぎやかなのは駅周辺だけで、ちょっと離れればのどかで緑が多く、広くて年月を経た重厚なたたずまいの家屋が高い塀に囲まれていたりする。

駅から離れれば離れるほど一軒家が多くなるのは、どこも同じなのかなと保は何となく思っている。アパートやマンションがないわけではないが、一軒家のほうが目につくからだ。たんに、庭のある家にばかり目がいっているからかもしれないが。

吉祥寺には公園もたくさんある。

有名なのは井の頭公園だ。テレビ番組などでも必ず取り上げられる。

「そういや俺、井の頭公園行ったことないなー」

生まれてこの方十八年、一度もなかったということに気づいた。井の頭公園の目の前までは何度も行っているのに、公園の中には入ったことがない。

公園の横にある和食の店「金の猿」にはよく食事に行くので、窓から園内を眺めはするのだ。眺めるだけで満足している、と言ったほうが正しいかもしれない。

何しろ井の頭公園は人が多い。桜の季節など、凄《すさ》まじい。

花を見るというより人を見に行くようなものだから、桜の時季は極力公園方面には行かないようにしたくらいだ。

「今度ちょっと行ってみるか」

吉祥寺在住で井の頭公園を知らないというのは、いささか問題ではないか。それに、どんな植物が植えられているのかも、興味がある。

「さて……」

未来に思いを馳《は》せていた保は、いまと向き合うことにした。

草をむしり終わった箇所はまだ敷地のほんの四分の一ほどで、このままのペースだと今日中には終わらない。

ずっとしゃがんでいたので腰と膝《ひざ》が少し痛い。

よいしょと立ち上がり、小さく唸《うな》りながらのびをすると、あちこちがばきばきと音を立てるのがわかった。

普段しない姿勢のおかげで、たった三時間程度で体中が凝っている。

庭仕事というのは重労働なのだ。

「保、ペースを上げろ」

後ろから飛んできた声に、上半身を左右にひねりながら応《こた》える。

「はーい」

保の背面では、同じく草むしり中の啓介が、引っこ抜いた草の根から土を振り落としていた。わさっと広がる白い糸のような根っこが土を抱え込むようにしていて、啓介の手の動きに合わせてばらばらと音を立てながら落ちていく。

「啓介さん、それよく抜けたね」

「コツがある」

表情の乏しい啓介の額にも汗がにじんでいるのが見てとれる。気温は涼しいくらいだが、作業をしていると暑くなるのだ。

啓介の脇に地面から抜かれた草の山ができている。土を落とした白い根はくたっと観念しているようにも見えた。

剣のように細長い葉が密集して広がるあの草は、ちょっとやそっとでは抜けないくらいがっちりと大地に根づくのだ。保もさっき同じ草を抜くのに手間取って、結局上の葉の部分だけがちぎれ、勢いあまってしりもちをついた。

仕方なく、ショベルで根を掘り起こしたのだが、えらく手間がかかってしまった。

最初からショベルを使えばよかったかもしれないが、それはそれで難がある。ショベルの先端で根がちぎれてしまうのだ。根が残るとそこから新しい芽が出てくるので、できるだけ根ごと除去するのが望ましい。

ぐるりと敷地を見回して、保は再び息をついた。

昔ながらの古いアパートだ。一階部分の掃き出し窓を出ると、ブロックで仕切られた小さな庭がついていたようだ。いまでは草ですっかり見えなくなっているが、さっき気づかずに塀につまずいて転びかけたので、間違いない。ちなみにいつものように啓介が背中部分の服のたるみを摑《つか》んでくれたので、無様な姿をさらすことは免れた。

二階には外階段を使って上がる作りになっている。といっても、肝心の階段は風雨にさらされたせいで腐食し、何年か前に途中の踏み板が何枚も抜けてしまったそうだ。いまでは階段そのものが崩れ落ちたのか、はたまた業者に頼んだのか、なくなっている。二階の廊下につながる部分は支柱のおかげで残っているが、その支柱もだいぶ腐食して蔦が絡みついている。まるで緑の柱のようだ。

二階に住人がいたなら大変だっただろうが、その当時で既に二階の部屋はすべて空き室となっていたのでそれほど大事には至らなかったらしい。

一階部分の住人はそれからもいたことはいたようだが、この十数年でじわじわと出て行き、最後の住人が一ヶ月ほど前に引っ越したそうだ。

保としては、つい一ヶ月前まで住人がいたという事実に度肝を抜かれるようなアパートなのだが、長年住んでいて愛着があったのかもしれない。

その最後の住人が住んでいたという部屋のドアも、繁殖した葛と蔦《つた》に覆われている。

無人になって誰も開け閉めをしなくなったから、あっという間にこうなったのだろうと察しがついた。

あまりにも古くなりすぎたこのアパートは、無人となったのを契機に思い切って取り壊し、マンションを新築する予定だということだ。

問題はここからだ。

アパートを取り壊そうとしたときに、色々とそこはかとなく恐ろしげな感じのする、偶然と言うにはあまりにもあまりな出来事が重なりまくった、らしい。

この建物の取り壊しと新築を担当することになった施工業者は、ここにはこれ以上触りたくないと言って手を引いてしまった、そうだ。

そのあとにも幾つかの業者が依頼を受けて作業に取りかかろうとしたのだが、ことごとく口にも出したくないような恐ろしげなものを見聞きしたり遭遇したりしたらしく、やがて噂が広まって引き受け手がいなくなってしまった、という。

らしい、とか、そうだ、とか、という、とかばかりだが、何しろ保は大叔父《おおおじ》からかいつまんで話を聞いただけなので、実際のところはよくわからないのである。

一階と二階にそれぞれ四戸の部屋があり、計八世帯が住めるアパートは、住人がいなくなる前から壁にひびが入ったりしていたそうで、もともとの施工があまりよくなかったのではと保は思っている。

それでも、誰も引き受けなくなったこの物件の、庭の手入れの依頼が、回り回って『栽‐SAI‐』に来たということは、口に出したくないような云々《うんぬん》はきっと事実なのだろう。

「なにせ……」

この人のところに話が来たのだから。

作業にいそしんでいる背中に、保は確認してみた。

「啓介さん、この庭とあの蔓《つる》とを、全部きれいにするんだよね？」

壁にびっしりと這《は》っている蔦をさすと、背を向けて作業している啓介が、こちらを見ずに頷《うなず》いた。

「そうだ」

「庭の雑草はともかく、蔓は別にいい気がするけどなぁ。どうせ壊すんだし……」

重機が草を巻き込むと厄介なので、庭を覆うように生い茂った草を除去するのはある意味理にかなっていると思う。しかし、この草すべてを根ごと抜くより、表面だけを草刈機で始末して、あとはブルドーザーか何かで掘り起こしてしまえば良いのでは。

なぜこんなに手間をかけて、わざわざ草むしりをしなければならないのだろう。

「いや、うちとしては仕事になるからいいけどさ」

こんなに生き生きと青々と茂る前に頼んでくれたらもっと良かったのに、とは思うが、それはまぁ仕方がない。近隣の住居の庭にくらべると、おかしくないかと思えるくらい生い茂りまくっているのは、人がいなかったからだろう。たぶん。

「それにしても、よくこんなところに住んでたよなぁ、最後の住人」

二階に上がる階段もないような、レトロと言うよりひたすら古いこのアパートに、住むという選択が凄《すご》い、とここの持ち主には言えないようなことを胸の中でこっそり思う保である。

もっとも、取り壊して新築するということは、持ち主も保と同じようなことを思っていたのかもしれない。最後の住人がいたから手を出さなかっただけで。

わさっと生えている草を眺めて、保はまたもやため息をついた。

「ほんと、よくこんなとこに住んでたもんだ」

ふいに、手を止めた啓介が肩越しに振り向いた。

「保、お前はもういいから帰れ」

「え？」

思いがけない言葉に、保は目をしばたたかせた。

ここの庭をきれいにする仕事は、啓介と保が大叔父の草次郎から任されたのだ。

「えーと、ぶつぶつ言っててごめんなさい。ちゃんと真面目にやります」

慌てて詫《わ》びる保に、啓介は頭《かぶり》を振る。

「今日はもういい。帰って、ここの状況を社長に報告しておけ」

「え、でも……」

それでは給料が減るという現実が保の双肩に重くのしかかる。

保の表情から何かを読み取ったらしい啓介は、目をすがめてこう言った。

「今日は帰れと言っている。明日《あした》きりきり働け。社長には俺があとで話をつけてやる」

「けど…」

言いかけて、保はふと眉根《まゆね》を寄せた。

無人のはずの暗い部屋の窓ガラスに、何かが見えたような。

保の視線が啓介を素通りして、焦点が窓ガラスに合いかける。その視線をさえぎるように、啓介が立ち上がって窓の前に立ちはだかった。

「もたもたするな。自分で抜いた分だけは片付けていけよ」

「……はーい」

どうにも釈然としないが、ここでの責任者は啓介なので、従うしかない。

抜いた草の根からできるだけ土を落とし、袋に詰めて門の辺りに集める。

始末が終わって振り向くと、草むしりをしている啓介の背が、早く帰れと急《せ》かしているように感じた。

「じゃあ俺、帰るよ？」

念のために一声かけると、啓介は無言で片手を上げた。

くだんのアパートから『栽－SAI－』までは、徒歩で三十分弱だ。往路は啓介の運転する軽トラだったので十分程度で到着した。

作業しやすい長袖《ながそで》のカットソーと乗馬ズボンに日よけのキャップ、細々としたものを入れるためのポケットがたくさんついたベスト。本日の保の出《い》で立ちだ。

自分の姿を改めて見下ろすと、草と土にまみれているので、あちこち薄汚れている。

「うーむ、この格好でうちまで帰るのか……」

土日の吉祥寺は、人があふれかえる。みんなかなりおしゃれな格好をしているので、このいかにも作業着、庭仕事してきました、な服装は、いささか恥ずかしい。

保は家業を誇りに思っているが、それはそれ。人並みにおしゃれだってしたい十代の少年だ。

中道《なかみち》通りを駅のほうにまっすぐ進むつもりだったが、人通りのあまり多くない住宅街を選んだほうがまだましかもしれない。

ここで、あまり多くない、としか表現しようのないところが土日の吉祥寺だ。

「あ、そうだ」

中道通りのはらドーナッツでおやつでも買っていこう。

おからと豆乳をたっぷり使ったドーナツは甘すぎなくておいしい。丹羽家の人間はみんなお菓子が好きで、ここのドーナツもお気に入りなのだ。

はらドーナッツなのだからドーナッツというべきなのだろうが、保としては幼い頃からずっとドーナツと呼んでいるので、ついついはらドーナツ、と言いたくなってしまう。

お店の名前ははらドーナッツ。でもやっぱりあの穴の開いた丸いお菓子はドーナツと呼びたくなるのが人情というものだ。

単に保がだいぶ長い間「はらドーナツ」と勘違いをしていて、それが習慣になってしまっているだけなのだが。

「啓介さんにも持っていくか」

帰れと言われはしたが、休憩中に食べるおやつを届けるくらいはいいだろう。

飲み物も持っていくべきか。水はあるが、ドーナツには無糖のお茶のほうが合うだろう。

「久しぶりだな……」

はらドーナッツの前にある公園を何気なく見やった保は、そのままぽけらっと口を開けて立ち止まった。

「――――――――」

たとえば、美しいとはどういうことか。

そういえばさっき、朦朧《もうろう》とした意識でそんなことを思った気がする。

美しいとは、たぶんあれだ。

瞬《まばた》きも忘れるほどの美貌《びぼう》という奴に、保は生まれて初めて遭遇した。

というか、見た。遭遇というほど物理的な距離は近くない。

そう、それなりに距離があるのに、言葉もないほどの美貌だとわかるのだから、大したものだ。

なんというか、美男とか美女とかですらない。性差を超越した美貌は、美人としか形容できないんだなーと、妙にずれたところで感嘆すらしてしまう。

キャスケットをかぶってメガネをかけているので、実は表情ははっきり見えるわけではない。

「なのに……ん?」

まじまじと眺めていた保は、面差し以外に意識を向ける余裕をようやく取り戻し、胡乱《うろん》げに眉《まゆ》をひそめた。

首から上は凄《すさ》まじい美貌なのに、首から下が結構、残念な出で立ちに見える。

いや、俺の審美眼とかファッションセンスはそれほど長《た》けてるわけじゃなし、あんな美貌に対して作業着姿の庭師が評論するなんておこがましいにもほどがある。

「……でも、いまどき英字新聞柄のしかもカラフルなパッチワークのパーカーと、明らかに大きすぎてサイズの合ってないジーンズにサスペンダーとか、どうなの……？」

しかも、パーカーの下に着ているカットソーは、黄緑とかじゃないの、あれ。いや、ここはあえて若草色、とかにしてみよう。足元は裸足《はだし》にバスケットシューズか。

あんなのどこで売ってんだ、と、そこじゃない気がするがつい突っ込みたい衝動に駆られる保である。

圧倒されるほどの美貌で、なんというか、こう、なかなか斬新なセンスのファッションを、あまりかっこよい風情でなく着こなし……てもいない美人は、はらドーナッツの前にある公園のベンチに座って、やや開いた両脚の間に両手をついている。

物憂げな面持ちのその美人は、ひとつ瞬きをして、急に保と目線を合わせた。

突然だったので心臓が跳ね上がる。

「…っ」

びっくりして息を呑《の》んだが、たまたまこちらを見ただけだ、きっと。
深呼吸して気持ちを落ち着けながら、気を取り直して歩き出す。
はらドーナッツの店に入る。売り場はそれほど広くないが、カウンターの下のショ
ーケースに色々な種類のドーナッツがたくさん並んでいる。
土日なのに保のほかに客はいない。ラッキーだ。並ばずに買える。
「えーと、どれにしようかな……」
思案していた保は、突然肩を叩《たた》かれて反射的に振り向いた。その頬に、細長いもの
が刺さる。
「……」
人差し指だと察した保は、手の主を見て、どう反応したらよいかまったくわからず
固まった。
あの美貌の主が、少しずり下がったメガネをもう一方の手で押し上げながら保をじ
っと見つめている。
てか、いつ公園から真後ろに。いやいや、それより、なぜ俺の肩を叩いて、さらに
こんなはるか昔にはやったいたずらをしかけてくるのか。
クエスチョンマークが乱舞している保から視線をはずし、美貌の主は店員に目をや
った。

「これとこれとこれとこれ、二個ずつ」

よく耳を傾けないと聞こえないくらいの声で、てきぱきと注文している。しかし、店員はあまりの美貌に見惚《みと》れたまま反応しない。

「あと、これも」

無反応など意にも介さず注文を済ませると、だぼだぼのパーカーのポケットからかなり古びた革の巾着《きんちゃく》袋を出し、小さく小さく折りたたんだ五千円札を一枚つまみ取る。え、財布じゃなくて巾着袋なの。

この段になって保はようやく、結構低い声だということはこの美人、男か、と気がついた。

彼がトレイに五千円札を置くと、店員はようやく自分の職務を思い出し、慌ててドーナツを用意しはじめる。

精算が済んでドーナツの袋を受け取った美人は、踵《きびす》を返しながら口を開いた。

「さ、行こう」

「――――へ？」

間抜けな声を出した保を一瞥《いちべつ》し、彼は表情の乏しい顔でもう一度繰り返す。

「行こう。きみの家に。これから帰るんだろう？」

「……」

もはや、どこから何をどのようにつっこめばいいのかわからない。

呆気《あっけ》に取られている保の襟をむんずと摑《つか》み、強引に引き連れていこうとする。

店から出て階段を下り、道路まで引きずられた保は、美人の手をなんとか振り払ってわめいた。

「なんなんだ！　あんた誰⁉　俺になんか用⁉」

すると、彼はうっかり見惚れるほど優雅な仕草で小首を傾げ、こう言った。

「さぁ？」

「さぁ⁉　さぁって、ふざけてんのかこら！」

語気を荒らげると、美人は瞬きをした。

「ふざけてなどいない。僕は至極真剣だ」

美人は顎《あご》に指を当てると、考え込んだ。ように保には見えた。そして、無言のまま保をじっと見つめる。

表情の乏しい美人に理由もわからず見つめられ、保は及び腰になった。これが異性だったら、もしかしてもしかしたら何か期待してもいいですか、とどきどきするところだが、同性なのに加えて得体が知れないので、薄気味悪さが完全勝利する。

そろそろと後退《あとずさ》った保は、すうっと息を吸い込んでくるりと体の向きを変え、全力でダッシュした。

「あ……」

後ろから美人の声らしきものが聞こえたような気がするが、そんなものは捨て置いてひたすら走る。

適当に道を曲がり、幼稚園の横を通り過ぎて大正通りに抜けて、保はやっと速度をゆるめた。

そろそろと後ろを確認する。

「まさか、追いかけてきたりしないだろうな……」

道行く人は多々いるが、あれほどの美貌は保の視界の中にはいない。

深々と息をついた保は、足元で微《かす》かな鈴の音を聞いた。

見ると、小さな金色の鈴がアスファルトに転がっていく。

ちぎれた白い紐《ひも》のついた鈴を、保は慌てて拾った。これは啓介が作ってくれた守り鈴だ。

必要なのは何日かだけで、そのあとは別に持っていなくてもいいらしかったが、すっかり忘れて家の鍵《かぎ》につけたままにしていた。

「新しかったのに……」

拾った鈴をしげしげと眺めた保は、ふいにぞくりとした。

まだまだ張りがあってしっかりしていたはずの根付紐は、凄まじい力で引きちぎられたようになっていた。

鈴を持ったまま、保はしばらく硬直していた。

別にどこにも引っかけた覚えはない。ここまで走ってきただけだ。速度をゆるめたタイミングで切れたのだとしても、この切れ方の説明がつかない。

それに、ベストのポケットは蓋《ふた》がついていて、簡単には中のものが出ないような作りになっている。

無理に引き出しでもしないと、落ちることはない。

「……………………」

しばらく鈴を凝視していた保は、腕にはめた時計を確認した。三時前。

鈴をポケットにつっこむと、足早に吉祥寺通りに向かう。

八幡宮前の交差点で信号を渡ると、武蔵野八幡宮の前だ。人が近づくとオートで水が出るようになっている手水舎《ちょうずや》で両手と口を清めて、駆け込みたいのをぐっと我慢して鳥居をくぐった。

駅周辺のにぎやかさとは打って変わり、八幡宮の境内は落ち着いた雰囲気だ。大通りに面しているのでそれほど静かではないのだが、木々も多くて居心地がいい。保のほかにも参拝者が何人かいて、社殿の前で手を合わせている。

ああきっとあの人たちも、神様の力を借りたいことがあるんだろう。いまの保のように。

怖いことや不思議なこととの遭遇率が高くなったので、保はここ最近、気が向くとお詣《まい》りするように心がけている。

困ったときだけ神頼みではなく、折に触れて参拝するのが大事らしいからだ。教えてくれたのはもちろん啓介だった。

財布を開けると、五百円玉と一円玉しか入っていなかった。

「…………」

一円玉を選びたいところだが、意志の力を総動員して五百円玉を摑み、賽銭箱《さいせんばこ》にそっと入れた。

手を合わせ、保は必死で念じた。

怖いことが起こっているような気がします、神様助けて。

かなり長い間祈っていた保は、やがてふうと嘆息した。

目をつぶって手を合わせていただけなのに、なんだかどっとくたびれた。

気づけば境内には保しかいなかった。ここの八幡宮は、元日や祭のとき以外、社務所は開いていない。だから人目を気にせず結構気楽に参拝できる。

境内の樹はどれも背が高く、注連縄《しめなわ》の巻かれたものもある。鳥居の横にはもみじがあるので、秋にはきれいに色づいた姿を見られそうだ。

「いいね、楽しみだ」

樹のことを考えていたおかげで気分転換ができた。

「よし、帰ろう」

鳥居を出ようとした保は、おやつを買いそびれたことを思い出した。同時に、あの得体の知れない美人の顔が脳裏をよぎる。

ポケットの中でちりんと音がしたように感じて、保は思わず息を止める。

「……空耳、だよ」

鳥居をくぐって五日市街道に出る。時計を見ると、四時近くになっていた。

「うわ、結構時間経ってんなぁ」

啓介からうちに連絡が入っていたら、どこで油を売っていたのかと草次郎に叱られるかもしれない。

「あ、そうだ」

吉祥寺通りを挟んで、二十四時間営業のスーパーマーケットがあるので、ここまできたついでに食材を買っていこうと思いついた。そう、俺は買い物のために遅くなったのです、ということにしよう。

冷蔵庫の中に何があったかを確認しとけばよかったなと思いながら、消費期限ぎりぎりで半額になっていたブラックタイガーに目を留め、カゴに放り込む。

「エビを使う料理、料理……」

それと、セールの野菜や日持ちのしそうなものを選んで会計を済ませ、帰途に就く。百貨店の近くまで来ると人が急に増える。行き交う人を何気なく眺めていた保の脳裏に、またもやあの美貌《びぼう》がよぎった。

「なんで思い出すんだー」

額の辺りをばたばた払ってイメージを消しながら、保は苦虫を噛《か》み潰《つぶ》したような顔をする。

同時にポケットの中で微《かす》かな音がしたのだが、保はそれには気づかなかった。手に提げたレジ袋がたてるかさかさという音に紛れてしまったのだ。

「消えろ消えろ」

しかし、なかなか消えてくれない。消えたと思ってもまたすぐに浮かんでくる。

いつもだったらぱぱっと忘れてしまえるのに、あれほどのレベルの顔はインパクトがありすぎるのか。

手をばたばたさせるたびに振動でレジ袋が音を立てる。ポケットの中の鈴の音を消すように。

頭をぶんぶん振って、深呼吸する。

「もういい、気にするのやめた」

気にするから思い出すのだ、きっと。

「そうだ、すごい美貌というもので記憶を上書きさせようそうしよう」

確か前にネットで見たどこかの国の王子様や王女様が、それはそれはすごい美貌だった。あれを見ればきっとインパクトが薄れるに違いない。薄れるだろう。薄れるんじゃないかな。

ああ、それから。根付の紐が切れたことを、一応啓介に話しておこう。

別に何も意味はないかもしれないが、これは守りのためにくれたものなのだ。

「こういうのは役目が終わると壊れるとか言うし、きっとそういうことだよ。うんうんだよな、きっとそう、きっと」

自分に言い聞かせながらカフェレストランの角を曲がり、店舗兼住居が見えて、保は無意識にほっと息をついた。

「ただいまー」

いつものように店の入口を入った保は、手に提げてきた買い物袋の中を見ながら口を開いた。

「夕飯だけど、カレーでいいかなー？　エビが安かったからシーフードカレーで……」

顔を上げ、保はそのまま固まった。

店に入って右手には、接客用のソファセットが据えられている。葉月と草次郎が並んで座り、ドーナツを食べていた。

彼らの前のテーブルにははらドーナッツの袋が置かれている。

そして、草次郎たちと相対する位置で、両手で持ったドーナッツを静かに食している
のは、見紛うことなどありえないあの凄《すさ》まじい美貌の男だった。

「おう保、遅かったな」

「今日はカレーかぁ、いいねぇ」

ドーナッツを手に応じる家族たちの声が保の耳を素通りする。

記憶を上書きするつもりだったのに、記憶を強化してしまった。

「………」

硬直した保を一瞥《いちべつ》した美人は、ドーナツひとつを食べ終えてからこう言った。

「シーフードカレーだったらホタテとイカははずせない。市販のルーだったら幾つか
のメーカーのものをブレンドして、隠し味にカレーパウダーを入れると味に深みが出
るな。あ、できれば甘口で」

ここでようやく保は我に返った。

ちょっと待て。その言い草は、もしや一緒に食うつもりなのか。

なにもんだ、と言いかけた保の後ろから、啓介の声がしたのはそのときだった。

「ただいま帰りました」

振り向いた保の肩越しに美人を見つけた啓介は、驚いたように目を瞠《みは》った。

「弓弦《ゆづる》？」

美人は立ち上がった。

「久しぶり、兄さん」

保は勢いよく美人――弓弦を顧みた。

「にいさん⁉」

誰が、誰の。

目を白黒させている保に、啓介は黙って頷《うなず》く。

「おとうと？　啓介さんの⁉　…てか、兄弟いたの⁉」

これに答えたのは葉月だった。

「あれ、たもっちゃん知らなかったっけ？」

「知らないよ、聞いてない」

葉月はドーナツを示して笑う。

「これ、弓弦くんからお土産だって。夕飯作る前にたもっちゃんももらいなよ」

弓弦はひとつ頷くと、保に場所を譲るようにソファの前から移動した。

「どうした、何かあったのか？」

表情も声の抑揚も乏しい啓介がそう問うと、彼より少し背の低い弓弦は眉間《みけん》に微かなしわを寄せる。

「ちょっと、兄さんに相談があって」

するると啓介の目に険しいものがにじんだ。

「そうか……」

啓介が草次郎を一瞥する。

「構わん、上がってもらえ」

「すみません。弓弦、来い」

弓弦は丹羽家の面々に軽く頭を下げ、啓介について二階につづく階段をのぼっていく。

唖然《あぜん》とそれを見送った保は、やがてぽつりと呟《つぶや》いた。

「……きょうだい？」

て、全然似てないんですけど、マジですか。

「ところでたもっちゃん」

棒立ちの保に、葉月が言った。

「エビ買ってきたんだよね？　冷蔵庫に入れたほうがいいんじゃないの？」

我が家なのに、どうしてだか二階に上がるのが気まずく感じられるのは、弓弦が啓介に何か相談しているからだ。どんな内容かは知らないが。

できるだけ音を立てないように二階に上がり、居間でベストを脱いでから要冷蔵の食材を冷蔵庫に入れる。

「……イカと、ホタテ…」

実は、イカもホタテも冷凍庫に入っている。おととい冷凍食品がセールだったので、市販の素を使って八宝菜でも作ろうと考え、冷凍イカとホタテを買っておいたのだ。ほかにも何かに使えるだろう。母から教わったレシピ以外でも、インターネットで作り方を調べればいい。

しかし、ストックしているカレールーは一種類、中辛。カレーパウダーなんてものもない。

半眼で食材を睨《にら》んでいた保は、啓介の部屋のほうをそっと見た。

「…………」

そちらにしばらく視線を向けていた保は、肺がからになるほど息を吐き出すと、まず自室で私服に着替えた。

米を研いで炊飯器にセットし、財布と携帯だけ持って一階に下りる。

「草じいちゃん、葉月ちゃん、俺ちょっと買い物に行ってくる」

書類に目を通していた草次郎が顔をあげ、壁の時計を一瞥する。五時を過ぎたところだ。

「おう。気をつけてな」

「うん。じいちゃんたち、何かほしいものある？」

「いや、いい」

草次郎が答える。葉月は手元の筆記具や書類の類《たぐい》を手早くまとめ、立ち上がった。

「たもっちゃん、途中まで一緒に行くよ」

五時を回ったので葉月は帰宅するのだ。

葉月の準備が終わるのを待ち、ふたりは揃って店を出た。

あとから草次郎が出てくる。温室の植物たちに水遣《みずや》りをするのだろう。

「じゃあね、たもっちゃん。……あれ？」

百貨店の角で別れるつもりだった葉月は、同じ方向に曲がる保に不思議そうな顔をした。

保は口をとがらせて不機嫌そうに口を開く。

「カレーパウダーとか、成城石井《せいじょういしい》のほうが確実だろ」

葉月は目を丸くして、軽く吹き出す。

「いい子だねぇたもっちゃん。弓弦くんの希望きいてやるのか」

「そういうわけじゃないけど」

ふてくされた物言いの保の背をぽんぽんと叩《たた》き、葉月はこう言った。

「たもっちゃん、弓弦くんと会うのは初めてか。びっくりしたろ」

何に対してなのかははっきり言われなかったが、保は半眼で頷いた。

「そうだよねー。俺もそんなに回数会ってるわけじゃないけど、子供の頃より凄味が出てきたなぁ」

保は眉間のしわを深くした。

「……俺、知らないし」

「たまに来るんだよ。子供の頃は可愛い顔してたよ。歳が離れてるからか、啓ちゃんもかなり可愛がってるみたいだったし」

「そうなんだ……？」

「そ。啓ちゃんと、あれ、幾つ離れてるって言ったかな。たもっちゃんと実梨《みのり》ちゃんより離れてる、はず」

保と妹の実梨は九つ違いで、それでもかなり年が開いていると言われるのだが、それ以上とは。

言われてみれば、三十路《みそじ》を越えた啓介の弟にしては、やけに若かった。といっても、あの美貌《びぼう》はもはや年齢などというものを超越しているのではないだろうか。

子供時代の弓弦は、小さいながらも訪問してくるときは簡単な手土産をちゃんと携えてきたそうだ。

そして、吉祥寺の面々に礼儀正しく挨拶《あいさつ》をして、啓介と少し話をして、帰っていく。

いつも何の前触れもなくふらりとやってくるのだが、不思議と店が休みのときや住人が不在のときに当たったことはないらしい。

保が弓弦と遭遇したことがないのも当然なのだ。保が啓介と顔を合わせるのは、彼が草次郎たちと一緒に八王子に来るか、仕事の現場のとき。

一方の弓弦は吉祥寺に足を運ぶ。八王子の丹羽家の人間が吉祥寺に出向くときには、一度もかちあったことがない。

それに、と、保はひとつの事実にようやく気づいたのだ。

啓介のことを、自分はあまりよく知らない。

吉祥寺の店の従業員で、十年くらい前から二階に住み込みしていて、腕のいい庭師で、口数が少なくて表情も乏しく、何を考えているかわかりにくいが結構優しいところもある。

それと、実は陰陽師《おんみょうじ》であるらしい。

啓介からそれを聞いたあとで、よく知らない陰陽師というものについて、保はちょっと調べてみた。

朝廷の役職らしい。現在でいうところの国家公務員で、高級技術官僚だという。とはいっても、公務員としての陰陽師はもういない。明治時代に役職そのものが廃止されたからだ。

ではなぜ啓介が陰陽師なのかというと、役職ではなく家業であるらしい。

映画などでよく見るところの陰陽師は都陰陽師、というのだそうだ。

国家公務員としての陰陽師で、陰陽寮という政務機関の役職のひとつだったのだ。仕事内容としては内閣官房と気象と経済産業と国土交通と農林水産と文部科学だったらしい。

ちなみにこの説明は、啓介にされたものだ。昔の役職で説明されるとわけがわからなくて混乱するので、いまふうに言うと何が何に該当するか適当に当てはめてもらったのである。

これが本当なのかどうか、残念ながら保には精査する気も必要もないので調べてはいない。ざっくり言うと大体そんなところ、レベルなのだと思っている。

さて、国の陰陽師に対して民の陰陽師があるらしい。啓介がそう言ったわけではない。これは保が勝手にそう理解したものだ。

国家公務員は役職。対する民の陰陽師は、たとえば茶道の家元とか、代々つづいている医者とか、そういう感じ、なのかなと考えている。

陰陽師の家や血筋というものがあって、それは昔の朝廷や幕府とは無関係に、代々陰陽道を伝えているのだそうだ。

「じゃあね、たもっちゃん。また明日《あした》」

改札にあがるエスカレーターの前で葉月と別れて、保はそのまま横断歩道を渡り、パン屋のドンクの前を通ってアトレ東館の中に入る。

「パンは……いいか」

五合炊いたから、明日の朝の分もあるだろう。

成城石井で適当にカレーパウダーを選び、ついでに甘口のルーを探す。

「……俺、何やってんだ」

葉月には優しいと言われたが、そういうことではない。

ただ、言われてみればそうしたほうがおいしくなるかも、と思っただけで、従っているわけでは決してない。

カレーひとつとっても様々な工夫とバリエーションでいくらでも味が変わるものだから、研究をするだけなのだ。

アトレを出ると、そろそろ暗くなりはじめていた。

シーフードカレーは軽く煮込むだけでいいので、時間はそれほどかからない。

早く帰ろうと横断歩道に差しかかったとき、ジーンズのポケットに入れた携帯が鳴り出した。

保は二つ折りの携帯を愛用している。ディスプレイが示した着信表示は啓介だった。

「もしもし、啓介さん？　なに？」

『……に……を……』

「え？」

人の往来も車の行き来も激しい場所なので、向こうの声がよく聞こえない。

聞くことに意識を集中した保の脳裏に、どうしてだか唐突に弓弦の顔が浮かんだ。

保は渋面になって額の前をばたばた払う。

『……さっきの……アパート……に……』

「さっきのアパート？」

あの、草と蔦《つた》に覆われた古いアパートか。

『……忘れ……もの……』

「忘れもの？　取りに行けばいいの？」

目をすがめて確認すると、雑踏の騒音に紛れて何かが聞こえた。

「わかった、行ってくる」

応じて通話を切った保は、携帯のディスプレイで時間を確認した。

ここからあそこまでは歩けば三十分ほど。走れば十五分くらいだろう。

駅の東側から西側までは人でごった返している。

隙間を縫うように移動して、パルコの前の横断歩道を渡ると中道通り。ここも人通りが多い。

住宅街に入ると途端に人波が途切れる。

まだ明るさの残っているうちにと、保は深く考えずに走り出した。


ちりん、と。

鈴の音がした。

ふと顔をあげた久世弓弦は、葉月に凄味が出てきたと評された顔に険しさをにじませた。

「どうした？」

「……保くんは？」

腕を組んで思案顔をしていた啓介は、目をしばたたかせて立ち上がる。

いまの時刻、いつもなら夕食の準備をしているはずだ。

しかし、予想に反してキッチンに保の姿はなかった。

居間に作業着のベストが脱いだまま置かれてある。

何気なくそれを取った啓介は、かすかな音を聞いた。ポケットの中には鍵《かぎ》が入っている。取り出すと、紐《ひも》の切れた金色の鈴がぽろっと落ちた。

ちぎれた白い紐が紐通しからはずれて、鈴がころころと転がっていく。

綺麗《きれい》な金色だったはずの表面には、ひっかき傷のようなものが幾つも刻まれていた。

啓介が作って保に持たせたものだ。

ちょうどそこに、草次郎が上がってきた。

「話は終わったのか？」

「いいえ、まだ。それより社長、保は？」

少しだけ焦っているような啓介の語気に、草次郎は目をしばたたかせた。

「買い物に行ったんだが、ちょっと遅いな。どこで油を売ってんだか」

啓介の部屋から出てきた弓弦が、転がっている鈴を拾い、瞬《まばた》きをした。

「兄さん、持ってきたでしょう」

「俺じゃない。持ってきたのは保だ」

「いいえ、兄さんです。ドーナツ屋の前で保くんに会ったとき、僕が飛ばしておきました」

互いに肝心な言葉を意図して省いた会話だ。

すました表情の弟に、啓介は鈴の紐通しに絡まっているちぎれた紐を示しながら言った。

「お前がのん気にドーナツを買ってこっちに向かっている間に、保にもう一度憑《つ》こうとしていたのをこれが弾《はじ》いたんだ」

紐が切れたのはそのせいだと暗に告げる啓介に、弓弦は首を傾ける。

「む。ということは、彼はあのあとわざわざどこかに寄り道をしてきたということか？　せっかく飛ばしたのに、どうしてそんな余計なことを」

整っているというより整いすぎている美貌《びぼう》が不機嫌さをはらむ。

すると啓介は半眼になった。

「……待てよ。そういえば、社長」

「うん？」

兄弟の言い合いに巻き込まれないよう離れていた草次郎は、突然呼ばれて怪訝《けげん》そうな顔をする。

「こいつのこと、保に説明しました？」

「俺はしてないよ。葉月がかいつまんで話したんじゃないかな。でも、考えてみると本来はお前がちゃんと弟を紹介するのが筋だったかもな」

草次郎や葉月にとっては顔なじみの啓介の弟だが、保にとっては初めてその存在を知らされた見知らぬ相手だ。さらに、誰も保に紹介めいたことをその場でしてやらなかった。

「……そうですね」

草次郎の言うとおりだったので、啓介は渋面で自分の非を認める。

草次郎も葉月も大体の事情を知っているふうなのに、自分だけが知らないという状況は、親子三世代と職人たちに囲まれて育った保には、かなり寂しいものがあっただろう。

弓弦が合点のいった様子で頷《うなず》いた。

「ああ、なるほど。そこにつけこまれちゃったのか。好かれやすい上に付け入られやすいんじゃ、八王子の心配もわかるなぁ」

彼の言葉に草次郎が目を丸くする。

「兄貴が何か言ったのか？」

「いいえ、まったく。八王子と吉祥寺のことは、なんやかやと耳に入ってくるだけです」

保の実家である八王子の丹羽家と、ここ吉祥寺の丹羽家を、弓弦は八王子と吉祥寺と呼んで区別しているのだ。姓が同じだから住んでいる土地で呼び分けているのである。ちなみに啓介も同様だ。

のだ。

「ところで兄さん、ドーナツ食べた？」

何の脈絡もなく話題を変えた弓弦に、啓介はまったく動じず首を振る。慣れている

「いや。食べる間もなくお前の相談で部屋に上がっただろう」

「それは残念。じゃあ保くんが帰ってきたらオーブンであたためてから食べよう」

一旦《いったん》言葉を切って、弓弦はふうと息を吐いた。

「外に出たときくらいしかああいうのは食べられないし。吉祥寺はいいね、美味《おい》しい

ものがたくさんあって」

お母さんにもおみやげを買っていきたいなぁと呟《つぶや》く弓弦に、啓介は半分呆《あき》れたよう

に頷いた。

「わかった。あとでその分を買ってきてやる」

「たぶんもう完売して店じまいしてるよ。人気だから」

「…………」

眉間《みけん》にしわを寄せて無言になった啓介と、ひょうひょうとした雰囲気を醸し出す美

貌を交互に眺めて、草次郎は呟いた。

「やけに詳しいな…」

「それほどでも。情報収集の一環で多少の知識があるだけです」

「ちなみにいま一番オススメの店はどこだ？」

草次郎が問うと、弓弦は腕を組んで少し考え込んだ。

「難しいな。今日ざっと見てきただけでも新しい店舗が増えてるし、季節によってメニューが替わるから……」

ここにきて一番真剣な面持ちで頭の中のデータを分析している弓弦の手から鈴を取り、啓介が踵《きびす》を返した。

「ちょっと保を捜してきます。連絡があったら報《しら》せてください」

「行ってらっしゃい」

はたはたと手を振って、草次郎が勧めた座布団に姿勢よく正座する弓弦だ。

「茶でいいか」

「ああ、お構いなく。水でも頂ければそれで」

そう言われて、ではどうぞと水を出すわけにもいかないので、冷蔵庫からペットボトルの緑茶を出してくる。

グラスをふたつ用意して自分と弓弦の分を注ぎながら、草次郎は神妙に言った。

「久世の家で、何かあったのか？」

礼を言ってグラスを受け取った弓弦は、作法にのっとった美しい所作で緑茶を飲み、思慮深い目で言葉を選んだ。

「……特に、何かがあるというわけではないんですが。うちの中は平和なので」

では、外は平和ではないということか。

弓弦の言葉の裏を読んだ草次郎は、緑茶を飲んでから小さく唸《うな》った。

「諦《あきら》めの悪い奴らがいるってことか」

「諦めきれない人たちは、いなくはないですね」

何しろあの人は使いやすい駒なので、と弓弦はそれはそれは綺麗な顔で微笑む。

弓弦がそう思っているわけではない。周りがそのように評価しているという話だ。

「あの人が探しものを見つけて帰ってくることを期待している人たちはいますが、果たしてそんなものが本当にあるのかと疑っている人もいますし。誤解されやすい性格なのは、昔から変わらないなぁ、兄さんは」

心から憂えている風情の弓弦に、黙って頷きながら草次郎は胸の中で呟いた。

お前もな、と。

使いやすい駒、という言葉だけを聞くと、凄《すさ》まじい美貌の弟は兄に対してかなり冷たいように感じられるだろう。

実際は、事実をありのままに告げているだけなのだが。

「今日も、ひとの顔を見るなりあれでしょ」

——どうした、何かあったのか？

「心配してくれるのは嬉《うれ》しいけど、心配し過ぎだなぁ、と」

うんうんと同意を示し、草次郎は弓弦のグラスに緑茶を注ぎ足す。

「で、何かあったのか？」

「兄さんがお母さんと僕と対立した挙句に、僕らに追放されたらしいんですよ。知ってました？」

「はぁ？」

目を瞠《みは》る草次郎に、儚《はかな》さすら漂わせる憂い顔で弓弦は息をつく。

「話が出はじめたのは結構前らしくて。最近やっと僕らの耳に入って」

どこまで何がどのように広がっているのか、いささか厄介な状況なのだという。

「それで、どうしようかと思って、兄さんの意見も聞きに来たんですが、……ちょっと時期が悪かったみたいで」

それがどういう「時期」なのかは、草次郎にはわからない。しかし、深く聞いても理解できるかわからなかったので、そうかと応じるだけにとどめた。

「で、お前さんはどうするんだ？　啓介たちが帰ってくるまで待ってるか？」

弓弦は考えるそぶりを見せ、やがてこう言った。

「ふたりが帰ってくるまで待とうかな。だってシーフードカレーでしょう？　うちだとまず出てこないので、ぜひ食べたい」

思ったとおりの返答に、だろうなと草次郎は頷いた。

黄昏時《たそがれどき》になるとものが見えにくくなるというのは、本当だと思う。

「あっつ……」

あのアパートの前にようやくたどり着いた保は、息を切らせて服の裾《すそ》をばたばたさせた。裾から風が入ってきて、火照った肌を冷ましてくれる。

汗がだらだらと流れるのを袖《そで》で拭《ぬぐ》いながら、用件を済ませようとした保は、はたと足を止めて瞬《まばた》きをした。

そういえば、忘れ物がなんなのか、詳しいことを聞いていない。

「っだー、もー。啓介さんさー、弟が来てなんか大変なのかもしれないけどさー、そういう中途半端なことやめてー」

二つ折りの携帯をぱかっと開いてリダイヤルを押す。

しかし、つながらなかった。

「……れ？」

いつまでたっても、通話が始まらない。発信音が鳴らないのだ。

もう一度リダイヤルを押す。だめだ。うんともすんとも言わない。
キーを操作して最後に受けた相手の番号を表示させる。
「あれ？」
着信履歴はあるのに、着信番号が表示されない。番号がない。
「え…だって、啓介さんの声で……」
さっきのアパートに忘れ物、と。取りに行けばいいのか確認したら、何か言ってい
た。よく聞こえなかったが、たぶんそうなのだと判断して、夕暮れが近いから急いで
ここまで走ってきた。
暗くなったらよく見えなくなってしまう。
無人のアパートは、昼間見てもなんとなく重苦しい感じがしていたので、夜ともな
ればそれが倍増するだろう。できるだけ明るいうちに用事をすませて立ち去りたかっ
たのだ。
もうだいぶ薄暗い。
遠くでカラスが何羽も鳴いている。
「カラスが鳴くから帰りたい～カラスが鳴くからかーえーろ～…」
鳴いている間は明るいということだから、この声が聞こえているうちに。
自分を鼓舞するために調子のはずれた歌を口ずさみながら、携帯のライトで敷地内

を照らしてうろうろする。

保が帰されたあと、啓介はひとりでかなり作業を進めたようだ。敷地の半分近くの雑草が抜かれ、地肌が見えている。あの厄介な草を根こそぎ抜いたと思《おぼ》しき場所には、周辺から寄せた土がかぶせられて、均《なら》してあった。段差があると危ないからだ。

塀際に敷かれたシートの上に除去された草や蔓《つる》が積まれていた。緑の葉はしおしおとして、観念しているように見える。

「……忘れ物……もしかしてこれか……？」

シートの上に積まれた雑草に、シートをかぶせるのを忘れたとか、そういうことだろうか。根の土は極力払っているが、すべてではない。

乾燥した土は、風に煽《あお》られれば舞い上がって土埃《つちぼこり》となる。

近所には車が結構停めてあって、もしかしたら夜中に洗濯物を干しっぱなしにする家庭もあるかもしれない。

保もよく干したまま忘れるのだ。自分のような人間は、この広い世の中にはきっといるだろう。たぶん。

土埃で車や洗濯物が汚れたら、管理会社を通じてこちらに苦情が寄せられる。

朝の天気予報を思い出す。雨は降らないが、夜半から風が強くなると言っていた気がする。

「啓介さん、夕方の天気予報でも見たのかな？」

天気予報を見て夜半から風が強くなると知り、シートをかぶせ忘れたことに気づいたのか。そして、弟の弓弦を置いて出られないから、ちょうど買い物に出た保にこれ幸いと電話を――。

そこまで考えて、保はふいにぞくりとした。

そう、電話だ。

着信通知に表示されない電話番号。着信はしているのに、どうして番号が出ないのだろう。

もう一度リダイヤルを押そうとした保は、思い直し、電話帳から啓介を選んで通話ボタンを押した。

「…………」

発信しているのに、つながらない。やがてぷつりと音を立てて発信そのものが止まった。

「なんで？」

ディスプレイを確認すると、圏外になっていた。

おかしい。電波が弱くてアンテナが一本消えている、ならわかる。だが、こんな住宅街で完全に圏外になるという経験は、保には一度もない。

「だってここ、一応吉祥寺よ……？」

急に心臓がどくどくと鳴り出した。不自然なまでに速く、激しくなった鼓動の音が、耳の奥でけたたましく騒いでいる。

携帯を折りたたみ、ポケットに突っこんで、たたまれたシートを広げた。

普段は何気なくできている動作なのに、やけに時間がかかってしまう。自分の思っているとおりに手が動いてくれない。妙にもたついて、変なところに指を引っかけてシートの端を取り落とす。

そのとき、ぶつっと音がして、携帯につけていたストラップが落ちた。

合皮製のストラップについていた小さなマスコットの金具がはずれて、ころんと転がって爪先《つまさき》に当たる。

これは妹の実梨が入学祝にくれたものだ。

実梨とお揃いだよと嬉《うれ》しそうに胸を張っていた妹には、こんな可愛らしすぎるウサギのストラップはつけられない、とはさすがに言えなかった。

何せ、大変リアルなウサギさんなのだ。

保は決してウサギが嫌いではないし、可愛いと思うが、残念ながらウサギ小物を身につけたいほどではない。

気持ちだけをありがたくいただいてずっとしまっていたのだが、つい先頃、つけたところを写真に撮って送れという指示が妹から来て、のたうちまわりながら携帯につけた。

ストラップをつけた携帯を顔の横に持った保の、微妙な笑顔写真を葉月が撮り、兄の繁にあててメールで送ったところ、繁から保の携帯に画像が送られてきた。

苦笑ぎみの繁と、子供用の携帯にお揃いのストラップをつけて満面の笑みの実梨が、写っていた。

証拠写真を撮ったらはずそうと思っていたのだが、あんな写真を見たあとではは ずすにはずせなくなった。

妹よ、そんなに嬉しいか。ならおにーちゃんは、耐えようじゃないか。

そして先日芳垣香澄に目撃されて、随分可愛いウサギさんねと小さく笑われた。

違いますこれは妹が、と必死に弁明すると、いいお兄さんなのねと彼女はさらに笑みを深くしていた。

あれは、呆《あき》れたのではなく、感心してくれたのだ、と思いたい。

妹はウサギが大好きなのだ。今年の夏はウサギ柄の浴衣《ゆかた》でも探してやろうと、兄と一緒に計画している。

「…………」

落ちたウサギを見つめて、保はしばらく動けなかった。

新しいものなのに、こんなに簡単に切れるのだろうか。

ストラップホールに通していた紐《ひも》はナイロン製で、保が引っ張った程度では切れないくらい強度がある。それに、よく見ると、ウサギについていた金具は、外れたのではなく折れている。

ウサギを拾って土を払い、ポケットに入れる。

「早く、かえろ……」

カラスが鳴いている。

ギャーギャーとうるさい。

随分近いなと、何気なく上に目をやった保は、そのままひゅっと息を吸い込んで硬直した。

周囲の電線や塀、樹木の枝、家々の屋根。数えきれないカラスがとまって、保を見下ろしている。

一羽がギャーと鳴くと、ほかのカラスが合わせるように一斉に鳴く。

息が苦しくなってきて、保は必死で呼吸をした。

少しずつ風が出てきた。カラスの鳴き声に、葉擦れの音が交じりだす。

風に揺れる草がこすれ合ってさわさわと鳴り、それが幾重にもなって波のうねりのように聞こえる。

視界のすみに揺れるものが見えた気がして、保はそろそろと首をめぐらせた。

塀に這《は》っている蔦《つた》が、ゆらりとしなって塀から剝《は》がれ落ち、除草されて剝《む》き出しになった地肌を叩《たた》いた。ボールが跳ねるように蔦が跳ねて、保の足の近く、届きそうなところに落ちてくる。

保は無意識に足を引いてそれを避《よ》けた。

蔦の先が爪先にのびてきたような気がして、さらに足を引く。

しばらくそうしていた保は、随分奥の方に移動していたことに気がついて、ぞっとした。

「は、早く、かえろ……」

と、今度はアパートの壁に這っていた蔦が、一本、また一本と剝がれて、保の周りにぼとぼとと落ちてくる。

背後に茂っている草は風で葉が擦《こす》れ、さわさわと鳴いているようにも思えた。

ギャーギャーと叫んでいるカラスを目だけで見た保は、ふと瞬《まばた》きをした。

周りを囲んでいるようなカラスたちだが、このアパートの屋根や塀にはとまっていないのだ。

なぜだ。

不審に感じたとき、後ろからかつんと小さな音がした。

ごく小さな音だったのに、耳朶《じだ》に突き刺さったように保は感じた。

飛びあがりそうになって必死で振り返った保は、無人のはずの部屋の窓のすみに、小さなオレンジ色の光がぼんやり映っているのを見た。

窓は昔ながらのすりガラスで、はっきりと中は見えないようになっている。そこに、本当に微《かす》かなぼんやりとした光がある、ように保には見える。

「ひとが……？」

呟《つぶや》きかけて、保はいいやと首を振った。

ここは無人だ。玄関口にも草が生い茂り蔓草《つるくさ》や蔦がのびて、誰かが通ったり侵入したりできるような状態ではない。

そして、こちらの窓側は、まだ除草できていない。腰までありそうな草は隙間がないほど生い茂り、侵入者などいなかったことを示している。

ではあれはと訝《いぶか》った保は、その窓にゆらりと黒い影が映り、光をさえぎるように貼りついたのに気づいた。

黄昏時《たそがれどき》は、ものが見えにくくなる。

すりガラスの向こうに出てきたものが何か、目を凝らして見ていた保は、やがてそれが手のひらであることに気づいた。

ふたつの手のひらが、窓にぺたりと貼りついている。そしてその間に、丸い影が生じて、窓に近づいてくるのがわかる。

それが何かを確かめる度胸は保にはない。なのに、強張《こわば》った体は思うように動いてくれない。

楕円《だえん》の影が窓に貼りつく。

すりガラス越しに、保と目が合った。

暗くて、灯《あか》りもなく、すりガラスではっきりとは見えない。

なのに、保は確かにそう感じた。

ギャーギャーとカラスが鳴いている。

窓の向こうで手が動く。窓枠にかかって、ゆっくりと開けようとしている。

ばたばたとのたうつ蔦が、いつしか保の周りに集まって、足元にまつわりついて捕らえようとしはじめた。

窓と桟の隙間があく。節くれだった枯れ枝《の》のようなものがそこからのびてきた。

足に蔦が絡まる。保はひくっと息を呑んだ。

微かな声を聴いたのは、そのときだ。

「――――――」

何か、法事で聞いたことのあるお経のような、神社で聞く祝詞《のりと》のような、わけのわからない呪文《じゅもん》めいた言葉だった。

保の足にからみついていた蔦がざっと離れて退いていく。

窓の向こうにいた何かが目を見開いた。

「保」

ギャーギャーとけたたましいカラスの叫びに混じって響いたのは、聞き慣れた兄貴分の声だ。

駆け寄ってきた啓介の姿を確認して、保はその場にへたり込みそうになる。

その瞬間、壁を這っていた蔦が、鞭《むち》のようにしなって降ってきた。

保が顔を上げる前に、啓介がその前に立つ。

ばしっと音がして、ちぎれた蔦の茎と葉が舞った。

啓介が顔の左側に手を当てて一歩よろめく。

「けいすけさんっ」

青ざめた保に大丈夫だという仕草を見せると、啓介は右手で刀のような形を作った。

素早く宙に何かを描き、びくっとするほど大きな気合とともに右手を振り下ろす。

すりガラスが震え、窓の向こうにいたものが音を立てて吹っ飛んだ。

オレンジ色の光が消える。叫んでいたカラスたちが一斉に飛び立った。

ばたばたと黒い翼が羽ばたいて、夜闇の中に去っていく。

腰が抜けた保の手を摑《つか》み、敷地の外まで引きずった啓介は、入口にロープをかけた。

「……それ……」

「結界」

「………て……」

ただのロープじゃ。

という突っ込みをできる雰囲気ではなかった。

啓介が顔の左側から手を離すと、額から瞼《まぶた》の上を通って頬骨の辺りまで、皮膚が割れて血が出ていた。

「啓介さん、目……！」

声まで蒼白《そうはく》になった保に、ポケットから手拭《てぬぐ》いを出し左目を覆うように頭の後ろでざっと結んだ啓介は、いつものような静かな語気で言った。

「保、帰るぞ」

「う、え、や、でも、め……」

すたすたと歩き出した啓介は、意味をなしていない保の声を聞き咎《とが》め、右目をすがめた。

「もともとこっちは見えてないから問題ない」

「…………え？」

その言葉通り啓介は、片目がふさがっているのに、危なげない足取りで、近くに停車してあった軽トラに向かって行った。

普通自動車の運転は、両目で見た視力が0・7以上、かつ、片目がそれぞれ0・3以上。または片目が0・3に満たない者、見えない者についてはもう片方の視野が左右150度以上で、視力が0・7以上あれば良い。

ちなみに啓介の右目の視力は1・5だそうで、視野も基準をクリアしているらしい。

軽トラの助手席でそんな話を聞いているうちに、店に到着した。

啓介は保を降ろし、歩いてすぐの駐車場に軽トラを置きに行った。

買い物袋を提げてよろよろと店のドアを開けると、右手のソファに弓弦がいた。靴を脱いで膝《ひざ》を抱えている。

「あ、た……だ…」

よく見ると弓弦の瞼が半分落ちている。

言いかけた言葉を呑み込んで二階に上がろうと、保はそっとその横をとおろうとする。

すると、弓弦がふっと目を開けて、眉間《みけん》にしわを寄せながら軽く頭を振った。明らかに寝ぼけているのだが、それすらも絵になる美貌《びぼう》だった。

保に気づいた弓弦は瞬《まばた》きをした。

「あ、帰ってきた」

「……はい」

「シーフードカレーは？」

「…………いまから作る」

「うん」

心なしか、弓弦がうきうきしているように見える。気のせいだろうか。

弓弦はバスケットシューズに足を突っ込むと、立ち上がった。

「何か手伝おうか？」

目がキラキラしている。

うきうきしているように見えたのは気のせいじゃなかったと、保は認識を改めた。

「……じゃあ、頼む」

十分後、そう言ったことを保は心から後悔していた。

弓弦が首を傾げる。

「あれ？」

「あれ、じゃない！　そんなに剝《む》いたらなくなるに決まってる！」

茶色い皮だけでなく白い部分まで剝かれた玉ねぎが、やせ細ったみじめな姿になり果てている。

ブラックタイガーの殼を剝かせたらなぜか身が消えているし、ピーラーを渡してニンジンの皮剝きを任せたらどこまでもひたすら削《そ》ぎつづけ、しまいに自分の指まで削いで出血し、ぽかんとしていた。

そのたびに保はぎょっとし、叫び、慌てて救急箱を探した。

弓弦はおとなしく手当てをされると、次は何をすればいいかと問うてきた。もういいですと言っても彼は頑として譲らない。

削いだ指に絆創膏《ばんそうこう》を貼って使い捨てのビニール手袋をはめさせ、これなら危険はないと考えて渡した玉ねぎは、たったいましなくていいダイエットに成功してしまった。

シンクのふちに両手をつき、崩れ落ちそうになりながら、保はできるだけゆっくりと息を吐き出した。

「……弓弦くん、ありがとう、もう充分だから、あっちで啓介さんと兄弟水入らずの時間を過ごして来てください、ぜひ」

「いや、話はもう済んだから。シーフードカレーのほうが楽しみだし」

テーブルに置いたカレーパウダーとルーを交互に見ながら、弓弦は目をキラキラと輝かせている。

「甘口甘口」

歌のように口ずさみ、保が刻んだ野菜やシーフードを眺めている。

「……」

保はふらりと居間に向かい、片づけ終わって皿やカトラリーが準備された座卓についている啓介と草次郎に言った。

「ちょっと、お客さんの相手よろしく」

啓介が保を一瞥《いちべつ》し、はいはいという風情で軽く息をつきながら腰を浮かす。

「弓弦、あとはうちの料理番に任せろ」

キッチンを覗《のぞ》く啓介に、弓弦は軽く両手をあげてみせた。

「じゃあ、見てる」

「……だそうだ」

啓介の目に諦《あきら》めを見て取り、様々な感情がない交ぜになって表現できなくなっている保は、半眼で唸《うな》った。

何十年も使い込まれてきた鉄のフライパンで、スライスした玉ねぎを炒《いた》め、賽《さい》の目に切ったニンジンも入れる。それらに火が通ったら、鍋《なべ》に移して水を加え、煮る。沸騰したらカレールーを入れ、完全にとけてから、パウダーを加えて味を調える。

ブラックタイガーとホタテとイカをフライパンに投入し、しっかり炒めて鍋に移す。

あまり煮込むとシーフードが固くなってしまうので、数分程度で火を止めて出来上がりだ。

一連の作業を、弓弦は興味津々の体で見ていた。

楽しいのだろうか。謎だ。

胡乱《うろん》げに口を引き結んだ保に、彼は鍋を覗き込みながら口を開く。

「おいしそうだねぇ。兄さんはいつもこういうの食べてるのか、いいなぁ」

「いつもこんなじゃないよ。適当なときもあるし、外に食べに行くときもあるし」

「適当が適当なんだ」

「いや、ほんとに適当で」

「そろそろ兄さんの目が戻ると思うんだ」

「へぇ……」

聞き流しかけて、保は瞬きをした。

「は？」

思わず目を向けると、弓弦は唇に人差し指を当てながら鍋を覗き込んでいる。

「ちょっと味見していいかな。だめかな」

「え、いや、別にだめじゃないけど、…てそうじゃなくて」

「あ、あの取り皿使っていい？」

返事を待たずに食器棚の取り皿をさっさと出し、保の手からお玉をひょいと奪って少しだけ皿に取る。

湯気の立っている熱々のカレーを、息を吹きかけて冷ましている弓弦に、保は詰め寄った。

「さっきのどういう意味？　目が戻るって？」

ずずずと音を立てながらカレーを味見した弓弦は、天井を見上げてうーんと首を傾げた。

「もう少しカレーパウダーを入れたほうがおいしいな。入れるよ」

残ったパウダーを振り入れてかき混ぜている弓弦に、保は唖然《あぜん》としながら思った。

ここまで人の話を聞かない奴は、初めてだ。

「うん、よし。完成」

もう一度味見をし、今度は満足そうに頷《うなず》くと、弓弦はそれはそれは嬉《うれ》しそうに笑った。

「兄さんの目は戻る。兆しがある。戻るかどうかは兄さん次第だけどね」

シンクに取り皿を置いて、カレーの完成を喜んだ表情のままつづけた。

「兄さんがうちを出たのは目のことが原因だから、目が戻れば出る理由がなくなる」

保は言葉が出てこない。

「それもあって、ちょっと色々話したかったんだけど、シーフードカレーまでついてきて嬉しいなぁ」

心から嬉しそうに、色々なものを超越する美貌が笑っている。

「これ、向こうに持っていけばいいのかな？」

鍋を示す弓弦に、保は何とか頷いて見せた。

弓弦が上機嫌で鍋を運んでいくと、啓介と草次郎が何かを言ったようだ。

ああ、炊飯器を持って行かなきゃなとぼんやり考えながら、保はしかし動けなかった。

啓介の左目が見えていないことを、保は今日初めて知った。啓介に弟がいたことも、保は今日初めて知った。

そして、見えなかった目がそろそろ戻るという。

「……目…、大丈夫なのかな」

見えないことではなくて。

呟《つぶや》いた保は、水切りカゴに伏せていたグラスに水を注ぎ、一気に飲み干した。

蔦《つた》に打たれて切れた傷は、大丈夫なのだろうか。

たとえ見えなくても、怪我をすれば痛いはずだ。啓介は何も言わないが、人並みの痛覚はあるはずなのだから。

それに、と、保はようやくあのアパートのことを思い出した。

あの窓の向こうにいたのはなんだったのだろう。

それに、あの場に集まったカラスの群れは、保を見張っているようにも思えた。

「保、何を呆《ほう》けてる」

声をかけられて、保はぎくしゃくしながら振り向いた。

左目にガーゼを貼っている啓介が、怪訝《けげん》そうな面持ちで入口に立っている。

保は何かを言おうとしたが、言葉が見つからなくてもごもごと口の中で唸った。

目をすがめた啓介は、ふと何かを思いついた様子でこう言った。

「さっきのアパートのあれは、得体のしれないモノだ。あの建物が蔦に滅ぼされる原因だな」

唐突な話に、保はぽかんと口を開ける。

彼の様子に啓介は胡乱げな顔をする。

「あのことが気になってたんじゃないのか？」

じゃあいいかと踵《きびす》を返しかけた啓介の腕を、保は慌てて摑《つか》んだ。

「いやいやいやいやいやいやっ、気になってる、ものすごく気になってる！　教えてくださいせんせいっ！」

啓介は肩をすくめた。

「そもそも保、お前なんであのアパートに行ったんだ」

「携帯に啓介さんの声で電話があったんだよ」

「ほう？」

ざっと説明をしているところに、何をやってる早く来いと草次郎の呼び声がする。一旦《いったん》話を切り上げて、炊飯器を持って居間に向かう。

弓弦は行儀よく正座している。こいつ姿勢いいなと保は思った。

保が白飯を皿によそい、各自に渡す。カレーは各自でかけるのが丹羽家の決まりだ。とりあえず食べることに専念しようと決めた保の前で、スプーンを手にした弓弦が啓介に尋ねた。

「ところで兄さん、滅びかけの建物に憑《つ》いたものは、簡単には祓《はら》えないけど、どうするつもり？」

口の中のものを噴き出しそうになった保は、なんとか回避して呑《の》みこむ。

弓弦はあのアパートのことを知らないはずなのに、なぜ。

草次郎は何やら悟った顔をしている。こちらは知っていたらしい。当然だ。依頼を受けたのは草次郎なのだから。

啓介はひとつ瞬《まばた》きをした。

「一応考えてる」

「カラスが集まったのは保くんを守るためだね。庭木が呼んだのかな」

「おそらく」

保は唖然と久世の兄弟たちを凝視する。

へえ、そうなんだ。カラスって不気味だし魔物の使いっぽいけど実はいい奴ってことなのか。庭木が呼んだってことは、あの蔓草《つるくさ》で見えなくなってた連中だろうか。樹は味方だったのか、それは良かった。

てか、俺のことなのに俺を抜きに話をするのやめて。

「不思議な人だなぁ。面白いね、ぜひ友達になろう、保くん」

突然話を振られて、保は目を丸くする。

言葉が出ない保に、啓介が嘆息交じりに言った。

「まぁ、そういうことらしいから、よろしく」

弓弦がうんうんと頷いている。

「ちなみにこいつは今年二十歳だ。お前とはひとつ違いだな」

「そうなんだ」

応じたのは弓弦で、保は相変わらず言葉がない。

保はしばらくふたりを見つめて、カレーを一口食べてから、言った。

「……それ、最初に聞きたかった…」

弟の年齢というのは、不可解なことや不穏なことに対する情報より、ずっと大事なことではなかろうか。

「僕も知らなかったからいいじゃないか。ところで兄さん、あの建物の蔦って、あの土地のしがらみじゃないの？」

「いや、土地に埋められたもののしがらみだ」

「手を打つまで保くんは行かないほうがいいね。好かれる」

「なにに⁉」

思わず目を剝《む》いた保に、久世の兄弟は一瞬目を見かわすと、異口同音にこう言った。

「さぁ？」

「…………」

保は、このときようやく実感した。

ああ、このふたり、間違いなく兄弟だ。

よくわからないことが多すぎて頭の中がぐるぐるしているが、もう考えるのはやめよう。彼らが言わないことは、聞いても保にはきっと理解できない。

行くなと言うのだから行かなきゃいいんだ、そうだそうだそうしよう。

保は深く息を吐くと、白飯とシーフードカレーを皿に足し、半ばやけっぱちに搔《か》き込んだ。

四話　白ムシと神依りの松

「というわけで、ウサギのストラップは壊れちゃいました」

語り終えた保は、すっかり氷がとけてぬるくなったアイスラテをずずっとすすった。

吉祥寺駅のアトレ二階にあるスターバックスは、いつものように騒がしい。

保と差し向かいに座っているのは一年先輩の芳垣香澄だ。

大学の門を出るところで肩を叩《たた》かれた。振り返ったら彼女がいたのだ。

清楚《せいそ》な美人はいささか心配そうな面持ちでこう言った。

——保くん、なんだか元気がないみたいだけど、何かあった？

そんなつもりはなかったが、彼女にはそう見えたらしい。

何もないと言いかけた保の胸の中で、何かがざわついた。何もなくないと訴えているのだと、保は仕方なく認めた。

ちょっと色々と、と言葉を濁すと、どこかでお茶でも飲まないかと誘ってくれた。

前は大学の近くに在るA.K Laboに入ったなと思ったが、あのときのように誰もいなくなってがらんとしてしまいそうな気がして、やめた。

あの店は楽しい話をするときに入ろうと心に誓う。だってせっかくおいしいケーキの店なのに、怖いイメージが自分の中に根付いてしまったら問題だ。実に由々しき事態となる。

保にとってはかなり恐ろしい内容だったので、騒がしいくらいのほうがいいかもしれないと考えて、あえてここを選んだ。

絶えずひとの行き交う駅ビルの、あまり広くないカフェだ。客の出入りが激しくて、店の前の通路には常に人波があふれている。

ふたりがついた席は通路の横にあり、一人用ソファが丸テーブルを挟んでいる配置だ。となりの席にさっきまでいた客は、時計を気にするそぶりを見せて席を立った。

丸テーブルに置かれている二つ折りの携帯を、香澄はまじまじと見つめた。

「……そういえば」

「はい？」

顔をあげると、香澄は自分のバッグをあさっていた。

「私、保くんの連絡先、知らなかったわ。教えてもらっていい？」

くわえていたストローをぽろっと落とし、保は瞬きをした。

「はい？」

いま、信じられない言葉を聞いた気が。

我が耳を疑う保に、バッグから出したスマートフォンを操作しながら、香澄が繰り返す。

「保くんの連絡先」

「……番号と、メアドでいいでしょうか」

保は基本的に無精者なので、インターネットのあれやこれやには一切手を出していない。そろそろ何かひとつくらいはアカウントを作ったほうがいいのかなと思わないでもないが、気乗りがしない。

あまり親しくない同級生の広崎などを見ていると、アカウントだのIDだのを駆使している。交友関係を広めるのに便利なのだろうなとは思う。ちなみに広崎は主に女子との交流を広めるために幾つも使い分けているようだ。

あれがうらやましいかというと、実はまったくそんなことはない。

広崎は彼女がいながらこの芳垣先輩を狙っていて、連絡先をなんとかして手に入れようと画策している。そして保は、広崎の知らないことを色々と知っている。わははははっ、いいだろう広崎め。

彼女の祖母は和江さんというのだ、そしてお父さんは健三郎さんだ、広崎よ、知らんだろう。

などという情報を広崎が知りたいかというとまったくそんなことは思っていないだろう。奴がほしいのは香澄個人の情報であって家族のことではない。

そして保もいまのいままで香澄個人の連絡先は知らなかった。

ちょっと貸してねと香澄が前置きをして保の携帯を開き、素早くキーを押す。

彼女のスマートフォンが震えた。

「この番号登録していいかしら」

「はい……」

香澄はなおも保の携帯を操作し、メール作成画面を開いて宛先を打ちこむと、ぱたんと閉じて保に返した。

「あとで何かメールちょうだい」

「はい……」

思わず両手で携帯を握りしめて、保は打ち震えた。

なんだこの予想もしなかった超展開は。

保は芳垣家の住所と電話番号を知っている。保がというより、ガーデンショップの顧客リストに載っているので、必要なときは連絡を取れる。

しかし、保個人が香澄の連絡先を知る必要も理由もなかったので、尋ねることもしなかった。

どうせ大学に行けば会えるしと思ってもいた。

何より、こんな清楚な美人に庭のこと以外で連絡をすることなんてないだろうから、連絡先を聞くなんて、それはいくらなんでも無謀だぞ俺、と、理性が叫んでいたのである。

ぽけらっとしている保に、香澄が朗らかに言った。

「大学に行けば会えるけど、会えないときもあるでしょ。いざってときのために教えてもらっておきなさいってお祖母《ばあ》ちゃんから言われたの」

「…あー、なるほど……」

庭のことで連絡をしたかったのですね、そうですよね、わかってました。

心の中で呟《つぶや》きながら、保はぬるいアイスラテをすった。


「芳垣先輩、いい人だ…」

国立に住んでいる香澄とアトレの改札口のところで別れた保は、彼女が手を振ってホームに上がっていくのを見送りながら呟いた。

ストラップホールがあいている携帯をポケットから出して、ふうと息をつく。

ウサギのストラップが壊れてしまったことの経緯を話したところ、彼女はえっと小さく呟いて、何度も瞬《まばた》きをしていた。

あの蔦《つた》に覆われたアパートを思い出し、保もまた香澄のように何度も瞬きをする。

あれから保はあのアパートには一度も行っていない。

あの荒れ放題だった庭は、啓介と葉月が数日で除草作業を完了させた。その間保は店番で、温室の鉢に水を遣《や》ったり、店の掃除をしたりという雑務をしていた。

ウサギは机の上に置いてある。金具をちょっと付け替えれば直りそうだったので、近々買ってこようと思っていた。

重い息をついて、自分の心がかなりどんより暗くなっていることを自覚する。

香澄には言わなかったが、保が落ち込んでいる理由はウサギ以外に幾つかある。

保をかばって啓介が左目を怪我した。啓介には弟がいた。そいつがまた凄《すさ》まじい美《び》貌《ぼう》で、性差を超越してもういっそ神々しいというか、化け物じみているというか、凄味すら感じさせる容姿で、かなりマイペースでシーフードカレーとドーナツが好きでファッションセンスが残念な奴だった。

啓介とはまったく似ていない。言われなければ兄弟だとは到底信じられなかったが、似ていないのは顔だけで性格はまさに兄弟だった。

保は十年ほど前から啓介を知っていたが、彼に弟がいたことは知らなかった。自分以外のみんなが知っていたらしいのに、自分だけが知らなかったのだ。

その事実が地味に重くのしかかっている。

「……せっかくだし、井の頭公園にでも行ってみるか…」

アトレ口から公園口につづく通路は狭く、行き交う人が窮屈そうにすれ違う。

丸井の前に出て、横断歩道を渡る。ちょうど信号が青だった。

「公園行くの初めてだなー」

七井橋《なないばし》通りを進み、階段を下りきればそこがもう井の頭公園だ。

公園の目と鼻の先にある「金の猿」には草次郎と啓介と一緒に何度も食べに来たことがあるのに、その先には一度も足を向けなかった。

空はよく晴れて涼しい風が吹いてくる。水辺には水鳥と、スワンボートやボートを漕《こ》ぐ人が結構いる。

池沿いの道にもたくさん行き交っている。散歩をする人やジョギングをする人、犬を散歩させている主婦らしき人、カンバスに向かって絵筆を走らせている人、ベンチで昼寝をしているスーツ姿のサラリーマンなど、多種多様だ。

「あー…、木がたくさん。いいなぁここ。もっと早く来ればよかった」

あれだけ騒がしい駅前から少しの距離に、こんなに緑いっぱいの場所があったとは。

噂には聞いていたが、人が多そうで避けていたのが悔やまれる。

「桜が多いなー」

池のほとりには桜が並んでいる。しかも、かなり見事な枝ぶりだ。シーズンには花見客でごった返すというが、それも当然だろうと思った。

「えーと、確か弁天様が祀《まつ》られてるって……」

細長い池にかかった七井橋を渡り、ボート場の横をすぎて狛江橋《こまえばし》の真ん中あたりにたどり着いた保は、辺りをきょろきょろと見渡した。

「あ、あそこか」

井の頭公園の弁財天は有名だ。お正月になると吉祥寺駅を起点にした武蔵野吉祥七福神めぐりというツアーが開催されるのだが、まずはじめにここの弁財天にお詣《まい》りをするそうだ。

狛江橋を渡りきったところから石段をのぼるとカフェがある。

石段の横に公園全体図の表示板が立っていた。それを見て、井の頭公園には弁財天のほかに稲荷《いなり》神社と、公園の横に玉光《たまみつ》神社という社があるのだと、保は初めて知った。

随分小さな社のようだが、神社であることに変わりはない。

「えっ、神田川《かんだがわ》ってここから始まってんの⁉」

井の頭公園駅の方に神田川の起点がある。

「あとで行ってみよう」

保の実家は八王子で、苗木や植木を栽培する山や土地を持っている。仕事に向かう大人にくっついて、兄の繁と駆け回って遊んだ。足は大して速くないが、どこまでもどこまでも歩ける持久力は、確実にあの頃山で培われた。

井の頭公園は保が思っていたよりずっと広かった。

「舐《な》めてた。ごめんなさい、井の頭公園」

誰に対してでもないがなんとなく謝る保である。

狛江橋から弁財天に向かう途中の弁天橋。その向こう岸に稲荷神社の鳥居が見えて、保はなんとなくそちらに足を向けた。

七井橋より細い弁天橋は、あまり人が渡らないようだ。橋の真ん中あたりまで来た保は欄干に寄りかかって息をついた。

見下ろすと、保が知っている鯉よりずっと巨大な鯉が、保のいる橋の下に集ってきていた。

水面に口を出してぱくぱくさせている。

保は苦笑した。

「ごめん、餌ないんだ」

七井橋で鯉に気づき、売店で餌を買おうと思ったのだが、最近は餌やりを禁止しているのだと言われた。井の頭池の水を綺麗《きれい》にするのと、鯉が大きくなりすぎたためしい。

保のところに寄ってくる鯉たちは確かに丸々と太っていて大きい。

「優雅な食生活だったんだろうなー。鯉もダイエットできるのか?」

あちこちから集まってくる鯉を眺めながら、欄干に両腕をのせて、池の真ん中から景色を眺める。

せっかくなので携帯で景色を撮り、今日はありがとうございましたと書いて、写真を添付し香澄にメールを送った。送信ボタンを押すのにかなり勇気がいった。

風が抜けて涼しい。青々と茂った木々の葉擦れがここまで届いてくるようだ。鯉のたてる波紋が視界のすみに幾つも広がっていき、ぱしゃぱしゃと水面《みなも》を叩《たた》く音が耳朵《じだ》を掠《かす》めて消えていく。

沿道には人がいて、にぎやかに話しているのがわかるのに、その声はここまで届いてこない。池の真ん中で、保は驚くほどの静けさに包まれた。

左目を蔦に打たれた啓介は、皮膚が裂けて出血していた。傷はもうふさがって瞼《まぶた》を開いているが、あの目は見えていないのだ。

啓介について、保の知らなかったことはもうひとつ。

保と初めて会った頃には、啓介の左目はもう見えていなかった。

そんなそぶりは見たことがなく、啓介が不自由そうにしていると感じたこともなかった。それに、ごくごく普通に生活し、行動し、自動車の運転も平気でやっているのを知っていたから、まさか左目が見えていないなんて思いもしなかった。

「……俺、知らないこと、多かったんだなぁ」

知らなくてもいいと思っていたわけではない。知らないことがあるということに気づいていなかったのだ。

ふいに風が冷たくなった。

陽が翳《かげ》る。

見あげると、晴れ渡っていた空に雲が出て、広がっていた。

太陽が雲に隠れて陽射しが遮られる。途端に気温が下がった気がした。

水の上だから、陽射しがないと足元から冷えるのだろう。

橋の下に集まった鯉は、飽きもせずに餌をねだって口をぱくぱくと開いている。

ぱしゃんと、ひときわ大きな水音がした。

「そろそろ行くか……」

稲荷神社はまたにしようと考えて、もと来たほうへ戻ろうとした保は、うっすらと白い霧が立ち込めてきたのに気づいて瞬きをした。

「え…？」

急に暗くなる。あんなに天気が良かったのに、周りは白い霧に満ちて、橋の終わりが見えなくなっている。

「わぁ……」

山の中では雨上がりなどによくある現象だが、井の頭公園でこれはちょっと、おかしいだろう。

それとも、井の頭公園ではよくあることなのだろうか。

「聞いたことないなー」

視界がきかず足元が覚束《おぼつか》ないので、欄干を頼りに足を進める。

霧雨の中を歩いていると、瞬く間に全身がしっとりと濡《ぬ》れた。

初夏とはいえ、水の上で濡れれば寒くなる。

風邪を引かないといいなと思ったとき、やけに大きな水音が聞こえた。

白い霧で見えない、池のほとりからだった。

「？」

なんだろうかと目を凝らす。

雲の中にいるみたいだなと思っていると、ゆらりと何かが動いた。

水音がする。水がしたたる音だ。ぱたぱたと水が落ちて、橋や水面にぶつかって音を立てているのだ。

欄干を摑《つか》む保の手に、変に力がこもった。

霧の向こうから、何かが来る。

「……」

ずるずると、引きずるような奇妙な音と、微《かす》かな振動が欄干から伝わってきた。

保は足を一歩引いた。

弓弦が言っていた言葉が、唐突に耳の奥に甦《よみがえ》った。

――手を打つまで保くんは行かないほうがいいね。好かれる
何に？

啓介も弓弦も答えてくれなかった。

「……ええと」

もう一歩足を引いて、保は視線を泳がせた。

白い霧の中で、前方から何かが近づいてくる。こんなとき、選ぶ道はひとつしかない。いや、もしかしたらそんなありきたりじゃなくて池に飛び込むとか、そういう突拍子もない選択をしたほうが面白いかもしれないが、ハリウッド映画じゃあるまいし、ただの人である丹羽保はただの人らしく凡庸な選択をするのだ。

そろそろと足を引き、そうっと向きを変え、音をたてないように稲荷神社のほうに走る。走るといっても視界がろくに利かないので、欄干を伝って小走りに。

記憶していた距離ではそろそろ陸地だ。そう、だいたいこの辺で。

欄干が終わり、足が地面につく寸前。

「べっ」

保は、何かにぶつかった。

鼻をしたたか打ち、反射的に詫《わ》びる。

「すいません」

言ってから気づいた。

いまの、ぶにゅっとした触感はなんだ。

人ならもっとこう、弾力があって固いはず。木だったらさらに固くて、鼻がちょっと痛い程度で済むはずがない。へたをしたら激突の衝撃で大惨事だ。

無意識にのばした手が変に柔らかくてぬるっとしたものに触れた。

ぬめっていて冷たいもの。

それが動いた。

こんなに近いのに白い霧でよく見えない。

「…………っ」

叫ばなかったのは、喉《のど》が萎縮《いしゅく》して声が出なかっただけだった。

その何かの横を夢中ですり抜けて、保は全力で走った。

さっき見た公園全体図を思い出す。稲荷《いなり》神社はとっくに通過して、井の頭自然文化園分園の建物があるはず。

しかし、霧の向こうになんとか見えたものは、自然文化園とは到底思えないような鬱蒼《うっそう》とした木々の連なりだった。

「ここ、どこ……?」

井の頭公園のはずなのに、深い山奥のような気配がする。

雨が降ったあと、白い霞《かすみ》が立ち込めて視界が悪くなったとき、あれによく似た感じがするのだ。

ぱしゃんと水音がした。鯉が跳ねたにしては大きく、ごく近くで。

振り返っても白い霧で見えない。だが確実に何かがいて、こちらに接近している。

「ええと、確か……」

このままいけば梅林。その先にお茶《ちゃ》の水橋《みずばし》があるはず。

とにかく橋から、池から、離れよう。

手をのばして前に何もないことを確認しながら進む保は、ずるずると這《は》うようについてくるものに気づかない。

弁天橋の下では、一匹一匹が主と呼べるほど巨大に成長した鯉たちが、口をぱくぱくとさせながら、稲荷神社の方角をじっと見ていた。

◆　◆　◆

時計を見た草次郎は首を傾げた。

「おい、啓介」

「はい？」

先日のアパートについての報告書をまとめていた啓介は、手を止めて顔をあげた。

「保の奴、いやに遅いな。お前何か聞いてるか？」

草次郎の言葉に時計を確認した啓介は眉《まゆ》をひそめた。

保の取っている講義は、今日の予定では確か昼過ぎにすべて終わっているはずだ。

時計の針は五時過ぎをさしていた。

「いえ…。でもまぁ、どこかに寄っているだけじゃないですか」

保も子供ではないのだから、多少帰りが遅いからといってさほど心配する必要はないだろう。

六月の夕暮れは遅い。七時を過ぎても空はまだ明るく、完全な夜になるまでかなり時間がかかる。

一年で一番昼が長いのが夏至。

夏至が過ぎると天地の陰陽は陰に転じる。少しずつ陰に傾き、冬至を境にまた陽に転じるのだ。

一番太陽の陽射しが強くなる夏の前に、陰陽のバランスは陰の側に移行する。

夏季は火気が強くなるからこれに陽気まで増すとバランスが崩れるからなと考えていた啓介は、ふと左の瞼《まぶた》を震わせた。

見えない左の目が、うずく。

左目に手を当てて、啓介は見えている右目をすがめた。

「…………」

これがうずくときは、何かがある。

十年以上前に見えなくなって以来、片目で多少の不自由はあるものの、日常生活にはさして障りはない。

だが、「視」えないのが厄介だ。

啓介の目は、右より左のほうがよく視えていた。右目も視えるが、左にくらべるとだいぶ落ちる。しかし、五感というのはよくできたもので、目を多少損なったら残りの四感が随分研ぎ澄まされた。特に聴覚と触覚は、この世のものではないモノや得体のしれない表現しようのないモノを感じ取る力が増した。

それに気づいたのは、久世の家を出てからだったが。

あれから一度も帰っていない。啓介が寄りつかないから弓弦のほうが出向いてくる。別に絶縁したいわけではない。啓介がいると火種になりそうだったので、すべてを丸く収めるために出た。

それがすべてではないが、家を出る理由のパーセンテージの大部分を占めていることは確かだ。

この間ふらりとやってきた弟の弓弦が、帰り際に言った。

――兄さんの目、戻るかも。でも、戻らないかも。兄さん次第かなぁ
いまさら戻ろうが戻らなかろうが別にどちらでもいい気がするのだが、あの弟が言った、ということが気にかかる。

弓弦は、いまの啓介よりその手の力が強い。左目が戻ったら同じレベルになるかもしれない。しかし、あれは実は本気を出していないのではと啓介は感じてもいる。

つらつらと考えていた啓介は、草次郎がしきりに時計と入口を気にしているのを見て、携帯に手をのばした。

子供ではないが、遅くなるときは一報を入れるようにという取り決めをしてある。家族に心配させないことは、円満にやっていくための大事なルールだ。

メールでも入っていないかと、二つ折りの携帯を開いた途端、着信が入った。

ディスプレイに表示されている名前を見て、啓介は眉をひそめた。

弓弦だ。滅多に電話などしてこないのに、珍しい。

「もしもし？」

『あ、兄さん？　今朝夢見が悪かったから気をつけて』

「夢見？　どんなだ」

『うーんと。鯉の主が大量発生して橋がどこかにつながって、雪まで降ってきて松が騒いでた。日が暮れて月が出てカラスが飛び立って竹林が開けた』

「そうか」

『うん。じゃ』

言いたいことだけを言うのはいつものことだ。

他人が聞けば、弓弦の言葉は脈絡がないように感じられるだろう。啓介にとってもそうなのだから、赤の他人に分かるはずがない。

「あいつの夢はいつも興味深いな」

携帯をたたんで机に置いた啓介は、報告書を一時保存して立ち上がった。

「ちょっと出かけてきます」

「仕事か？」

草次郎がさしているのは庭師のほうではない仕事のことだ。

啓介は首をひねった。

「仕事にはならないかと思うんですが……。保を見かけたら連絡を入れるように言っておきますよ」

「ああ、頼む」

一礼して店を出る。草次郎は頭をがりがりと掻《か》いて深々と息をついていた。

草次郎にとって保は、兄と甥《おい》から預かった又甥だ。

それに、保は物心つく前から草次郎によく懐《なつ》いていたし、親類縁者がしょっちゅう顔を合わせる家風だったこともあって、孫のようなものなのである。

幾つになっても孫は可愛いし、遅くなれば心配する。

まだまだこんなに明るくても、いつもと違うというだけで心配するのだ。

「まっとうな家族だよな、丹羽の家は」

呟《つぶや》いて、啓介は頭をひとつ振った。

久世とは大違いだ。

草木や自然を相手にする丹羽家の人々は、ある種達観しているところがあって、それが啓介に居心地の好《よ》さをもたらしてくれている。

彼らはみな、家族を大事にして思いやりがあるのだ。

それでいて、必要以上に干渉してくることはない。家長が絶対の権力を持っているはずなのに、筋が通っていれば子供の言い分も聞き入れる。そういう部分が、子供たちが年長者を素直に敬い尊ぶ家風を作っているのだろう。

子供の時分から啓介を知っている耕一郎や草次郎は、彼が家を出たときに真っ先に声をかけてきて、何も決まっていないならうちの家業を手伝えと言った。

決まっていなかったのでありがたくそれを受けたのだが、あれでもし啓介が身の振り方を決めていたらどうするつもりだったのだろう。

啓介はしかつめらしい顔をした。

「そんなのはやめてとりあえず来い、とか言いそうだな」

草次郎が保を孫のように思っているように、八王子の耕一郎は啓介を我が孫のように可愛がってくれた。

あまり感情を出すのが得意ではない可愛げのない子供だったのに、それがこいつの性分なんだとおおらかに受け止めてくれた。

いまでも耕一郎には頭が上がらない啓介だ。

吉祥寺通りに出て、とりあえず立ち止まった啓介は腕を組んだ。

「さて、俺はどこに行けばいいんだ？」

当てはまったくない。

左目がうずいたのと、弓弦の夢が奇妙だったので、これは何かあるなと思い、動いてみただけだ。

次の行動は何かが示す。兆しというのだ。

それがどんなものなのかは、出会ってみなければそれとはわからない。

「そういえば……」

最近保が妙に暗かったなと思い出し、啓介は気の向くままに歩き出した。

本人は明るくいつも通りに振る舞っているつもりだったろうが、ふとしたときに見せる表情に覇気がなく、無意識にため息をついていた。

ちょうどあのアパートの件があった頃からだ。

となれば、原因は見当がつく。

雑踏の中で左瞼《まぶた》を軽く閉じる。あのとき蔦《つた》に打たれた傷は、まだうっすらと残っていた。いずれは消えるだろうが、少し目立つ。

左目の奥がうずいた。

「ああ……」

啓介は瞬《まばた》きをして得心のいった顔をした。胸の中で呟く。

これは、あのときと同じだな。

左目の光が消えて、視えていたものすべてが消えて、世界が半分になったような衝撃に打ちのめされた、あの夜と。

同じということは、正しい選択をすればやり直せて、元に戻るということだ。

パルコの前をとおったとき、呉服屋のウィンドウに展示されている訪問着が視界に入った。

白に近い鼠《ねずみ》の地にぼかしの藍鼠《あいねずみ》でゆるやかな水の流れを表している。柳が揺れ、流れに二羽の白鷺《しらさぎ》が立ち、いまにも飛び立ちそうだ。

白鷺は刺繡《ししゅう》で、名匠の手によるものだと思われた。

いい着物だなと啓介は思った。これからの季節に向け、夏用の透ける生地だ。涼しげなこの着物は絽《ろ》というのだ。

ここは確か、吉祥寺の街で一番古い呉服屋だ。歴史があるから扱っている着尺や小物も上質揃い。古くからの住人には、呉服はここで誂《あつら》えたものしか着ない、と決めている人も多いと聞く。

衣桁《いこう》にかけられた着物の白鷺をなんとなく眺めていた啓介は、二羽の白鷺の首が駅のほうを向いて喙《くちばし》を開ける様を見た。

「………」

何度か瞬きをする。

白鷺たちは喙を開け、羽を広げて脚を動かし、啓介に何かを訴えているようだった。

啓介は白鷺たちが見ているほうに目をやった。

途端に、いつの間にか電線にとまっていたカラスが鳴き、飛び立った。

白鷺が見ているのと、カラスが飛び去ったのは同じ方角だ。

もう一度着物に目をやると、白鷺は元の状態に戻っており、じっと様子を窺《うかが》ってもぴくりとも動かなかった。

兆しだ。

「あっちか」

中央線の高架の先。

カラスは吉祥寺通りの南方に立ち並ぶ木々の中に消えていった。

歩き出しながら、啓介は弓弦の言葉を思い出した。

この先にあるのは井の頭公園。

――鯉の主が大量発生して……

「井の頭池の鯉、か……？」

◆　◆　◆

むせそうなほど濃くて重い白い霧の中を、保はそろそろと進んでいた。

本当は走りたいのだが、あまりにも視界が悪すぎて、手をのばして何もないことを確かめながらでないと進めないのだ。

ともすれば自分の爪先《つまさき》すらも見えなくなるので、足に何も当たらないことと、足の裏の感覚で通路であることを確認しなければならない。

見えないので、保は必死で音を聞き、気配を感じ取ろうとしていた。

後ろから何か来ないか。あの、なんとも表現しようのない何か得体のしれないものが、追ってきてはいないか。

足音はいまのところ聞こえない。

頭の中で、井の頭公園の全体図を確かめる。

このまま行けば、お茶の水。間違っていなければ。

白い闇が方向感覚を狂わせている気がして、保は何度も立ち止まった。自分がどちらに進んでいるのかわからない。たぶんこっち、とあたりをつけて歩き出すのだが、果たしてその判断が正しいのか、自信がまったくなかった。

池からは離れていると思った。水音が聞こえないからだ。単に自分の息遣いと心臓の音がうるさすぎて、かすかな水音が聞こえていないだけかもしれないと、ほんの少し脳裏をよぎったが、きっと大丈夫だと不安を無理やり打ち消した。

「……なんで……誰も、いないかな……」

黙っているのがどうにも怖くなって、そうっと呟いてみる。

あれだけいたはずの人々が、どこにもいなくなっていた。散歩をしている人も、ジョギングをしている人も。犬を連れた人も、絵を描いていた人も、昼寝をしていた人も。たくさんいたはずなのに。

しかし、保はなんとなく気づいていた。

ほかの人たちがいなくなったんじゃない。自分があの場からいなくなったのだ、と。

「……か……かみかくし、とか……？」

吉祥寺在住の大学生が行方不明。そんな記事が新聞や雑誌に載り、テレビのニュースで店や大学が映し出される様が想像できてしまい、保はうなだれた。

このまま進んで、七井橋通りに戻って、うちに帰る。

「……」

うなだれたまま、ポケットの上から携帯があるのを確かめた。かけたら、ちゃんとつながるだろうか。

この間、住宅街なのに圏外になっていたことを思いだす。

ここも大都会の真ん中だが、木々が茂って広い池がある。もしかしたら、多少電波が弱いかもしれない。霧のせいでつながりにくくなっているかもしれない。

さっきから、携帯を開こうと思うたびに、もしつながらなかったらと怖くなって、ポケットから出せないでいる。

「……勇気だせ、俺。がんばれたもっ」

掠《かす》れ声で自分を励まし、ぐっと息を詰めて、保は意を決してポケットに手を突っ込み、携帯を出した。

その途端、マナーモードに設定していた携帯がぶるぶると震えて、保はぎゃっと叫んで携帯を取り落としそうになった。

「…………っ」

携帯を握りしめ、片手で口を押さえて、辺りを見回す。

そうしながら、いまさらだよ無駄だよと泣きそうになりながらうめいた。

あれだけ大きな声で叫んだら、いくらなんでも聞こえる。

誰に。

「わかんないけど、絶対聞こえてる……」

携帯のディスプレイがちかちか光っている。さっきの振動はメールを受信した合図だ。

誰だこんな時に、ひとを恐怖のどん底に叩《たた》き落としやがって。

半分以上八つ当たりで胸の奥でわめきながら携帯を開き、送信者を確認するや保は目を丸くした。

「へ？　弓弦くん？」

そういえばこの間なかば押しきられて携帯アドレスを交換したが、それっきりだった。保のほうからメールを送る用事がないし、弓弦のほうからも何もなかった。

なんだろうとメールを開きかけて、保はふっと息を呑《の》んだ。

電波表示は圏外になっている。ああやっぱりねと思うと同時に、ではなぜこのメールが届いたのか、と疑念がわいてくる。

そうして保は、なぜか唐突に悟った。

「だって啓介さんの弟だし……」

弟ということは、もしかしなくてもたぶんきっとその筋の専門家なのだ。

「電波が圏外なことくらい、どうにかこうにかできる技とかいろいろあるんだろう、たぶん」

メールを確認すると、ひとことだけ書かれていた。

【そっちじゃなくてあっち】

「……………………どっちだよ」

半眼で低く唸《うな》った保は、すぐ後ろで何かが動いた気がして飛びあがった。

ぱしゃんと、水面《みなも》を叩く音が聞こえた気がした。

確かめることは怖くてできなかった。

「────っ！」

無我夢中ででたらめに全力疾走する。

気がつけば、保は池に沿った道をひた走っていた。小さな建物が見える。あれは弁財天の社ではないだろうか。

だとすると、目指していたのとまったく別の方角に来てしまったのだ。

白い霧が立ち込めているのに、揺れる水面が見えた。

数えきれない鯉が沿道を向いている。ぞっとするほど大きな、丸々太った鯉は、みんな保を見ているのだ。

鯉の口が動く。ぱくぱくと開閉して、水面にゆらゆらと揺れながら、まるで何かを言おうとしているようにも見える。

それらから目を背けた保は、弁天橋に差しかかった。

さっきここから橋を渡って稲荷《いなり》神社に向かったのだ。

もう一度弁天橋を渡ったら、もしかして戻れるなんてことはないだろうか。

何も手立てがない以上、ひらめきにかけるしかない気がした。

鯉の群れが保を凝視している。

保は橋に足を乗せようとして、────硬直した。

床板の下から、手のようなものがのびて欄干の支柱を摑《つか》んでいる。それは濡《ぬ》れていて、ずりずりと上がってこようとしている。

床板に乗せかけた足を引き、そのまま後退《あとずさ》りをして距離を取る。

霧が橋を覆う。何かが上がってきたシルエットが霧に映った。

保はそこから逃げ出す。

もう少し行けば狛江橋。ボート場を過ぎて七井橋を渡れば七井橋通りがすぐ。ばしゃばしゃと水を跳ね飛ばして鯉たちが跳んでいる。それをなるべく視界に入れないように目を背けた保は、公園の全体図の表示板があった場所が、まったく様相を変えているのを認めて息を呑む。

思わず立ち止まって、保は唖《あ》然《ぜん》と呟《つぶや》いた。

「……へ…」

竹林、だった。

さっき渡ったときは、石段の上にカフェがあった。保はその石段の横の公園案内図を見たのだ、記憶に間違いはない。たぶん。

が、案内図があった場所も石段があった場所も、竹林に変わっている。カフェがあったはずの場所には、背の高い竹の向こうに三角の屋根が見えている。

「……カフェじゃ…ないだろ、あれ…」

シルエットしか見えないが、どう考えてもカフェではない。

狛江橋の下から水音がした。

はっとした保は辺りを見回し、竹林の一角に細い小道があるのを見つけた。

あの三角屋根の建物につづいているらしい。

狛江橋をもう一度振り返ると、床板の下からのびてきた黒いものが、欄干の支柱を摑んでいるのが見えた。

池の沿道は鯉たちに見張られている。隠れられる場所を探さないと、あれがくる。

正体不明の何かは、おっかない木のスペシャリストで日本版ゴーストバスターズの啓介の領分のはずだ。

「なんで俺の周りに出てくるわけよ」

出るなら啓介さんのところにどうぞ。

半泣きになって、保は竹林の小道に飛び込んだ。

人ひとりやっと通れるほどの幅の道は、黄色く枯れた笹の葉が落ちて、まるで絨毯《じゅうたん》のようにふかふかとした感触だった。

竹林を抜ける。ごく小さな日本庭園と、山奥に建っていそうな茅葺《かやぶき》合掌造りの家が現れた。

ぽかんと口を開けた保は、乾いた声で笑った。

「ははははは……」

あまりにも非現実的すぎることが畳みかけるように起こると、恐怖メーターが振りきれるらしい。

どこか突き抜けて清々《すがすが》しさすら感じる保である。

「わあ……、白川郷《しらかわごう》みたい。行ったことないけど、たぶんこんな感じ」

間の抜けた声で正直に呟いた保は、縁側にふたつ置かれた円い座布団のようなものに気づいた。建物の一面にだけある縁側は長く、柱が二本立っている。座布団は中央に置かれている。

来客があったので、そこに座布団を出して話し込んだあと、のように見えた。

誰かいるのだろうか。

「いるなら、できれば人間だといいなぁ……」

座布団なんて使うくらいなのだから、化け物とか幽霊とか妖《あやかし》ではない、と思いたい。

そろそろと縁側に近づいた保は、円い座布団が布ではなく藁《わら》でできたものだと気づき、目を瞠《みは》った。

「これ、知ってる。昔の敷物だ」

神社に行くと、板の間の社殿で神主さんが敷いているのだ。

八王子の丹羽家は、神社の境内の植木の手入れを頼まれることがあるので、保もよく手伝いにかりだされる。休憩時間には社務所の奥に通されてお茶を振る舞ってもらえることがある。お神酒《みき》を瓶で頂くこともあるが、大抵は料理酒として使われる。

重くて固い円い敷物は、古いもののようだった。日に焼けて変色しているし、切れた藁があちこち飛び出してもいる。

「わろうだというのよ」

突然響いた澄んだ声に、保は飛びあがった。

障子がからりと開いて、保より少し年上と思《おぼ》しき女性が姿を見せた。

「円座ともわらだともいうけれど」

白地に墨絵の描かれた着物をまとっている。白鼠の帯揚げ、鼠に銀糸の籠目《かごめ》文様と雲が描かれた帯もモノトーンに近い色合い。朱色の帯締めが際立ち、そこだけ温度を感じさせて全体を引き締めていた。

帯に丸い帯飾りが揺れている。丸くて黒い、石か何かだろうか。

まっすぐな黒髪は下ろしたままで、背中を覆うほど長い。

どちらかと言えば美人、だと思った。切れ長の目で白い肌の、日本的な美人だ。

でも芳垣先輩のほうが美人だなと、正直な感想を胸の中に抱く保だ。

着物全体に模様が入っているが、白地に墨一色なので落ち着いた印象がある。はっと目を引くが派手ではないのだ。

祖母の咲が日常的に着物を着ているので、保は同世代の人たちより着物になじみがある。女性の装束は上等な生地で、帯も上質だ、と見ただけでわかった。袂《たもと》から覗《のぞ》く手首も細く、白い指はっくりものめいている。

じろじろと顔を見るのは憚《はばか》られて、保は視線を落とした。

帯から下の着物の柄に自然と目が行く。

松の林だった。陽射しを受けて影が落ちているところまでリアルに描かれている。

右肩には白い丸がある。おそらくあれが太陽で、昼間の松林を描いたものだろう。

ふと、遠くでカラスが鳴いたような気がした。

ばさばさという羽ばたきが聞こえる。

風で生じる葉擦れの音。

近くにカラスがとまった気配があって、保は思わず視線をめぐらせた。

しかし、見える範囲にはカラスはいない。

空耳だろうか。疲れて幻聴が聞こえだしたのか。

それはやだなと頭を振った保は、着物の柄に釘付《くぎづ》けになった。

さっきまで松だけだったはずのそこに、一羽のカラスがとまっている。さらに、よく目を凝らして見ると、松の葉一本一本が、まるで風を受けているようにさわさわと揺れている、ように見える。

瞠目《どうもく》した保に、女性は口元に袖《そで》を当ててころころと笑った。

「疲れたでしょう。よかったらそこにお座りなさい」

「え…あ、や……でも……」

及び腰になった保に、彼女は静かに微笑んでこう言った。

「しばらくここにおいでなさいな。いまあの竹の向こうに戻ったら、無事ではいられないから」

保はばっと竹林を振り返った。

いつの間にか、保が通ってきたはずの小道が消えている。そして、竹林の向こうに、ゆらゆらと幾つもの黒い影が蠢《うごめ》いているのが見えた。

背筋に冷たいものが駆け下りる。

「……………」

青ざめた保の耳を、女性の笑みを含んだ声がくすぐる。

「あれらはここには入って来られないから安心なさい」

彼女はくるりと踵《きびす》を返した。

障子の向こうは板の間で、中央に囲炉裏があった。天井から下がった鉤《かぎ》に鉄瓶がかかり、湯気を立てている。

鉄瓶の下で真っ赤になっている炭を見て、暑そうだなと保は思った。

「暑くはないわね。ここはいつも涼しくて、ともすると寒いほどだから」

囲炉裏端に膝《ひざ》をついた彼女が背を向けたまま発した言葉に、保は心臓が止まりそうになった。

いま俺、口に出して言ったか⁉

思わず口を押さえて固まる保のもとに、茶色い湯呑《ゆのみ》を手にした彼女が戻ってくる。

わろうだに腰を下ろし、縁側に湯呑を置くと、彼女は保に座るように促した。

「走ってきて喉《のど》が渇いているのではなくて？　どうぞ」

湯呑の中身は、湯気の立つ白湯《さゆ》だ。

「ごめんなさいね。お茶を出してあげたいんだけど、そういうものはここにはなくて」

「あ、いえ……」

首を傾げて苦笑する女性の言葉に、保はつい応じてしまった。

しばらく逡巡《しゅんじゅん》したが、もはやこれまで、毒を食らわば皿までよ、と自分でもよくわからない理屈で意を決し、わろうだに腰を下ろすと湯呑を摑《つか》む。

口元に運ぼうとして、ふと手が止まった。

こういうところで出されたものを飲んだり食べたりするのって、かなりまずいんじゃないか。

そんな話をどこかで見たり聞いたりした気がする。

ああそうだ。子供の頃に読んだ昔話や外国の神話で、そういう話があったのだ。

湯呑をじっと見たまま険しい顔をしている保に、端座した彼女は微笑んだままこう言った。

「そうね。口にしたら戻れなくなってしまうわ。でも、それは大丈夫。神に供えたものだから」

保は女性を一瞥《いちべつ》した。

間違いない。心を読まれている。ということは、読まれていると思っていることも読まれている。隠し事ができないって不便だなぁ。

半眼になった保を見て、彼女はころころと笑った。

「ごめんなさいね。聞こえてしまうのよ。でもすぐに忘れるから大丈夫よ」

そうは言っても、きっと口だけだ。それでも、そう言われるだけで少し心が軽くなる気がする。そしてそれもまた、罠《わな》なのだと思う。

きっとこのひとは、啓介の領分だ。完全に信用してしまったらだめだ。

湯呑をじっと見ていた保は、唇を引き結んでそれを縁側に置いた。

女性は膝の上に両手を乗せて、ひとつ頷《うなず》いた。

「よくできました。簡単に信用してはいけません」

あんたが言うか。

そう言ってやりたいところだが、ぐぐっと呑《の》みこんだ。どうせこれも聞こえているのだから、わざわざ口に出す必要はない。

縁側の隣にある囲炉裏の間は広い。昔ながらの作りで、奥に襖《ふすま》が見える。

天井は高く、囲炉裏の上がくりぬかれて熱気や煙があがっていくようになっているのだ。

テレビや雑誌で見たことがあるが、実物は初めてだ。こういう古い家は、実際に住んだこともないのに、なぜか懐かしさを覚えるのだから不思議だった。

風が吹くと、竹林が揺れて雨音によく似た音を立てた。

それ以外は静かなもので、彼女のほかには誰もいないようだった。

「…………………？」

ふいに耳をそばだてて、保は瞬《まばた》きをした。

風の音と、葉擦れと。それ以外に、何かが聞こえる。

怪訝《けげん》そうに眉《まゆ》をひそめた彼女は、ついと視線をあげた。

「上に、たくさんいるから」

何が⁉

頬を引き攣《つ》らせる保に、彼女は小さく笑う。

「あなたは知らなくてもいいモノよ」

ええそうですね、知りたくないです。知ったら帰れない気がするし。てか、知らなくても帰れる気がしない。

どうなるんだろう、俺。

見ないようにしていた不安が、徐々に首をもたげてきた。

ただの散歩だったのだ。ちょっと気が向いたから井の頭公園にやってきて、橋を渡って池を眺めて、鯉が集まってくるのを見ながら考え事をしていただけなのに。

それが、なんでどうしてこうなった。

「…………………」

考えれば考えるほど、胸が重くなって体が縮こまっていく。

耳の近くでカラスが一声鳴いた。

視線を向けると、着物に描かれた松にとまったカラスが、保を見ている。

「…………カラス…」

待て。

さっきは、その松ではない別の松にいなかったか。

瞬きも忘れて松とカラスを凝視する保に、彼女は静かに告げた。

「カラスがあなたを見ているから、じきに帰れるでしょう」

「は？」

思わず訊《き》き返す。訝《いぶか》る保に、彼女はふいに背を向けた。

着物全体に描かれた松林。裾《すそ》から背にかけて、それは整然と並び、ちょうど紋が入る位置に小さな鳥居と社が描かれていた。

それまで何もいなかったはずの場所に、どこからか黒い鳥が飛んできて、鳥居にとまる。鳥は鋭い一声を発すると、飛び立ってどこかに消えた。

保は言葉もなく着物の柄を凝視する。

描かれた松が、風を受けて揺れている。だんだん全体が黒くなっていく。気づけば左の袖《そで》に仄白《ほのじろ》い丸があった。正面で見たとき、右肩に丸があった。あれはお日様だった。もしやあれが沈んで月が出た、とか。

そんなばかな。

小さな鳥居と社につづく参道めいた松林は、お太鼓に結ばれた帯の雲と籠目《かごめ》文様の上にある。

鳥居と社は雲の上。

着物の柄を上下に分ける帯は、まるで下界と天との境界線のように感じられた。

「――昔、ここに迷い込んだ子供がいて」

保ははっとした。

背を向けたまま、彼女は静かに語る。
「元の場所に還《かえ》るために、大切なものを引き替えにした」
困惑する保を肩越しに顧みて、彼女は微笑む。
「だから私は、それを預かることにしたの」
身じろぎをした彼女が触れているのは、たぶんあの帯飾りだろうと保は思った。
丸くて黒い石。
柄の中でカラスが鳴いている。柄の中は夜なのに、カラスが鳴くのは気味が悪い。
彼女が竹林に視線をやった。
「……来た」
保も思わず竹林を見た。
風に揺れる竹の向こうで、黒いものがゆらゆらと踊る。
それらが急に、四方に散った。
水が跳ねる音がここまで響いてくる。何かが水に飛び込む。転がっていく音がする。
竹が大きくしなって跳ね返る。
しばらく不穏な気配が漂い、やがて消えた。
息を詰めた保は、そちらを見たまま動けない。
やがて、竹を押し分けながら、近づいてくる影が見えた。

座ったまま後退《あとずさ》った保は、気づけば土足のまま板の間に入り込んでいた。

囲炉裏の真上、天井に開いた穴がはっきりと見える。

しゃわしゃわしゃわ。

音が降ってくる。天井に何かがいる。

囲炉裏の真上以外には屋根があり、大きな格子状に組まれた枠の中に、ひとつひとつ雲が描かれている。

この天井の向こうは雲の上なのだ。

しゃわしゃわしゃわしゃわ。

降ってくる。静かな音が、雨のように。

硬直して瞬きもできない保は、視覚だけがいやに研ぎ澄まされていつもよりはっきりと見えることを呪った。

あの雲の向こうに、何か白いものがゆらゆらと舞っている。

「…………っ」

歯の根が噛《か》み合わない。がちがちと音を立てて、自分の意思では止められない。

あれはなんだ。

しゃわしゃわしゃわしゃわしゃわ。

白い、ムシだ。

しゃわしゃわしゃわしゃわしゃわしゃわ。

音が。

ああ、俺もうだめかも。

最後の最後の気力の糸が切れかけたとき、重く鋭い音が二回、轟《とどろ》いた。


頭が真っ白になって、保は目だけを動かした。

縁側に端座した女性が保を見ている。

そして、縁側の前に、半分呆《あき》れ、半分怒ったような顔をした久世啓介がいた。

「…………………あ……」

呟《つぶや》くと、全身から力が抜けた。同時に目頭が熱くなる。

這《は》うようにして縁側にたどり着いた保は、顔をくしゃくしゃにした。

「……けぇすけさんっ」

「情けない顔するな」

「だって…!」

それ以上言葉にならない保の頭を小突き、啓介は深々と息をつく。そして、端座して微笑んでいる女性を不機嫌そうに睨《にら》んだ。

「こんなところで何やってるんですか、お母さん」

保は、己の耳を疑った。

いま啓介はなんと言った。

思わず指をさし、恐る恐る呟く。

「……お………かあ、さん……？」

女性は静かに微笑んでいる。肯定も否定もしないが、ほんの少しだけ嬉《うれ》しそうな顔になっているところを見ると、間違いない。

呆気《あっけ》にとられてぽかんと口を開けたまま二の句が継げない保に、啓介は腕組みをしながら問うた。

「保、どうしてこんなところに迷い込んだんだ」

「え………さぁ？」

啓介の目が険しくなる。

しかし、保は別にとぼけているわけではない。

気がついたら霧が出ていて妙なことになっていたので、説明がつかないのである。

言葉を探して狼狽《ろうばい》する保に、啓介の母が助け舟を出してくれた。

「橋の上で考え事なんてしたものだから、こちらとつながってしまったのよ」

「ああ」

納得したらしい啓介が頷《うなず》く。

そんな彼を、彼女は目を細めながら見つめた。

「大きくなったわね」

「そうですね。あれからだいぶ経ちましたから」

「そうだったわ」

ぶっきらぼうに応じる息子に優しい眼差《まなざ》しを向け、彼女は帯飾りに手を当てた。

「返せるときが来たのかしら？」

首を傾げた彼女に、啓介は頭《かぶり》を振った。

「それが戻ると、別のものを置いていかないといけなくなるので」

「不便ではないの？」

「もう慣れましたよ」

「そう……」

静かに頷く母親に、啓介はため息まじりにこう言った。

「こんなところで番人めいたことをしているのは、それをあなたが持っていることの条件ですか」

彼女は一度瞬《まばた》きをして、無言で微笑んだ。

ふたりの様子を窺《うかが》っていた保は、啓介が板の間の天井を一瞥《いちべつ》したのにつられて視線をそちらにやった。

囲炉裏の真上の穴から、白いものがゆらゆらと揺れながら現れる。

「……ん？」

よく見ると、ゆらゆら、というより、ばさばさ、と、飛んでいる。

しばらくそれをじっと見つめていた保は、胡乱《うろん》げに呟いた。

「……蛾……？」

蝶《ちょう》ではない。胴がずんぐりとして太い。触角に毛が生えている。

蝶と蛾の違いは実はないらしいのだが、あの姿かたちは間違いなく蛾だ。

ということは。

この、ずっと降ってくるしゃわしゃわという音は。

天井を指さして、保は半眼になった。

「上、何がいるの？」

「あれ」

啓介の母は涼しい顔で白い蛾をさす。

「ああなる前のあれが、たくさん」

保の顔がますます渋くなった。

白い蛾が、ああなる前、ということは。

「いもむし……？」

が、たくさん。

あまり見たくない。心から見たくない。昆虫類は、別に嫌いではない。庭仕事に虫はつきものだ。スズメバチや毒虫は警戒するが、それ以外を怖がったり嫌ったりなどしている余裕はないのである。

何しろ庭は戦場だ。虫との戦いは終わりがない。

打倒虫、害虫退散、特攻上等、先手必勝、正攻法がだめなら搦《から》め手で。

化学物質の殺虫剤は人間にも害があるから、自然素材の忌避剤や防虫剤を使うのが丹羽家の心得。

しかし、大量発生した毛虫の駆除を請け負ったときは、さすがにぞわぞわと肌が粟《あわ》立《だ》つし、カメムシにこんにちはをしてしまったらぎょっとする。

うねうねしている芋虫毛虫が大量かー、それはいやだなー。

思わず想像して苦いものを存分に味わってしまった気分になる。

保の様子に、啓介が目をすがめた。

「こら、勘違いするな。あれはただの蛾じゃない」

「えー？」

胡乱顔の保に、啓介の母が苦笑する。

「その話はあとでしたら？　急いで帰らないと、霧が晴れてしまう」

白い指がついと竹林をさす。

さっきまで重く立ち込めていた霧が、少し薄まっているように見えた。

啓介が嘆息し、母親に向き直った。

「お母さん、俺のことはあまり心配しなくていいから」

「心配しているわけじゃないわ。好きでやっているだけよ」

ここの番も慣れると楽しいものなのよと笑い、彼女は保を振り返った。

「あなたに会えて良かったわ。啓介のこと、よろしくね」

「は？　はぁ……」

曖昧《あいまい》に応じて、保は立ち上がろうとし、靴を履いたままなのに気づいた。慌てて膝《ひざ》をつき、縁側の端まで四つん這いして庭に下りる。

ふたりを見送るためか、彼女は立ち上がった。

着物に描かれた松林。月はいつの間にか右の袖《そで》に移動して傾き、左の袖に日が昇りはじめていた。どこからかカラスが数羽飛んできて松の枝にとまり、啓介を見て甲高い声をあげる。

その中の一羽が飛び立った。帯に隠れてその姿が見えなくなる。

すると、合掌造りの屋根の向こうからカラスが一羽飛んできて、庭の上空を旋回した。

啓介と保がそれに気づく。カラスは高く鳴いたかと思うと、ふたりを先導するように竹林を越えていった。

啓介は母に一礼し、保を促した。

竹林に小道が現れる。

歩き出した啓介を追おうとした保は、彼女を振り返って深々と頭を下げた。

「ええと……、また……でいいのか……？」

また、ということは、ここにまた迷い込むということだ。しかし、さようなら、というのは何か違う気がして、保は首をひねる。

彼女は苦笑して、軽く右手を振った。

「元気でね」

「はい。おかあさんも」

黙って頷く彼女にもう一度頭を下げて、保は竹林の小道に向かった。

竹林を出ると、あちこちに水たまりができていた。注意深く見ると、竹が倒れたり、アジサイの植え込みに穴が開いていたり、銀杏《いちょう》の葉が大量に落ちていたりと、随分荒れている。

啓介はすたすたと狛江橋に歩いていく。

その背を追いながら、保は胡乱げに尋ねた。

「啓介さん、何かやったの？」

「さぁ？」

首を傾げる啓介に、保は眉間《みけん》にしわを寄せる。

「でっかい鯉がいたり、よくわからないものが池からあがってきたり、へんなものに追いかけられたり、大変だったんだよ」

「ああ、そうだろうな」

「なにがどうしてこうなったわけ？」

肩越しに保を見やって、啓介は首を傾げる。

「さぁ？」

「……………冷たい」

啓介は肩をすくめる。

「俺はその場を見ていたわけじゃないから確かなことは言えない。適当なことを適当に言ってそれが間違っていたら責任が取れないからな」

その言葉に筋は通っているが、納得はできない保だ。

不満そうな保に、とりあえず足を動かせと言って、啓介は低く唸《うな》った。右手で髪をがしがしと掻《か》く。

保は突然、わかった気がした。

襟足より少し長い髪を縛って前に流す独特の髪型は、何かポリシーがあるのかと思っていたが、左目に毛先がかかるようにしているのだ。

見えていない目は、右目にくらべると焦点がややずれたり反応が遅れる。気をつけていないとわからない程度のそれを、毛先で隠していたのかもしれない。

それは、人に知られたくないからというより、気づかれて追及されるのが面倒だからではないか。啓介の性格だったら確実に後者だ。

保はそのまま黙り込んだ。

わからないことだらけで、知らなかったことが多すぎて、自分は相当ショックだったのだ。

だがそれは、自分が知ろうとしていなかっただけだったのではないか。

訊《き》かなければ啓介は何も言わない。訊いても答えてくれないときは、答えても保には理解できない場合と、知らないほうがいい場合。

それ以外は、訊けば答えてくれる。

訊き方を間違えなければ。

しばらく考えて、保は改めて口を開いた。

「弓弦くんのこととか、啓介さんの左目のこととか、俺、知らなかったから」

啓介が黙って保を一瞥《いちべつ》する。

「俺だけ知らなかったから、ものすごく取り残された気分で、なんていうか、寂しかったんだよね」

「ふむ」

思慮深い目で応じる啓介の足元に視線を下げて、保はぽつぽつとつづけた。

「で…、ちょっと気分転換しようと思って、あっちの」

晴れていれば狛江橋から見える弁天橋のほうを指さす。

「橋の上で、色々とぐるぐる考えて。そのうちに霧が出てきて、おかしなことになったんだ」

白い霧は、だいぶ薄くなっている。

そこで啓介が足を止めた。

「なに？」

「なにが？」

振り返った啓介が眉《まゆ》をひそめている。

「保。お前が渡ったのはこの橋じゃないのか？」

保は瞬《まばた》きをして、記憶を手繰った。

「ええと、七井橋からこの狛江橋を渡って、沿道を歩いて、あっちの弁天橋の途中まで行って……」

「渡ったのか？」

「弁天橋？　うん、なにかが追いかけてきたから、稲荷《いなり》神社のほうに走って……」

　ここで思い出す。

「あ、そうだ。そこで弓弦くんからメールがきて、それがまたわけわかんない内容で」

　啓介が片手をあげる。

「あれはわけがわからないことが多いからそれは気にしなくていい」

「いいんだ⁉」

　実の兄にここまで言われる久世弓弦、これまで一体何をしでかしてきたのか。興味はあるが、知らないほうがいいような。

　口元に手を当てて、啓介はぶつぶつと呟《つぶや》いた。

「鯉の主が大量発生して橋がどこかにつながって、雪まで降ってきて松が騒いでた。日が暮れて月が出てカラスが飛び立って竹林が開けた……」

「は？」

　保が怪訝《けげん》そうな声をあげるが、啓介は思考に没頭していて答えない。

「雪……」

と。

そこに、ひらひらと白いものが舞い落ちてきた。

見上げると、白い蛾が何匹か飛んでいる。

あの合掌造りの屋根裏にいた白い蛾だ。

落ちてくるのは白い鱗粉《りんぷん》で、それがぼうと白く光っている。

まるで雪が降っているようだった。

白い蛾は彼らの頭上を飛び交い、やがて白い霧の中に消えていく。

あれは弁天橋のほうだなと保がぼんやり考えていると、啓介が声をあげた。

「これか……」

咄嗟《とっさ》に見上げた啓介の左目に、雪のような鱗粉の欠片《かけら》が吸い込まれていく。

軽く左目をすがめて頭を振った啓介は、保に言った。

「お前がたどった道を戻る」

「え？　弁天橋？」

「稲荷神社のほうから弁天橋を渡ってこっちに戻る。正確に逆順をたどらないと、帰れない」

言い終わると、啓介は走り出す。

霧は徐々に薄まっている。この霧が出ているうちに弁天橋を渡らないと、帰れなくなる。

啓介のあとを追って走り出しながら、保はうめいた。

「だから、詳しい説明……」

しかし、いま訊いたところで、たぶん答えてはくれないのだ。

◇　　◇　　◇

コピス吉祥寺前のふれあいデッキのテーブルについて、横のムーミンスタンドで買ったドリンクを飲みながら、久世弓弦は嬉《うれ》しそうに目を細めた。

「気分はスナフキン。ここいいねぇ」

「そーかい」

満足そうな弓弦とは対照的に、保は渋面でドリンクを見ている。

男ふたりで飲むものでもないし、座るところでもない気がする。いくら弓弦が色々なものを超越した面相でも、このデッキでムーミンドリンクは避けたかった。

甘いはずのドリンクを苦い顔で飲む保に、弓弦はポケットから携帯を出した。

「あとでスタンドの前で写真撮っていいかな」

「どうぞ」

「保くんも一緒に」

「遠慮します」

即答する保に、弓弦はけろりとしたものだ。

「そうか。じゃあひとりで撮ろう」

「撮るのか……」

「もちろん」

涼しげに答える弓弦は、今日もなかなかに個性的な出《い》で立ちだ。

目深にかぶったキャスケットは以前と同じ。パーカーも同じ。バスケットシューズも同じ。

赤いチェックのクロップドパンツにサスペンダー、ボタンダウンシャツは空色のデニム地で、黒いネクタイを締めている。このネクタイの柄が、カバのようなあれなのだ。

そこのスタンドの名前のあれ。

写真を撮る気満々ということは、意図してのチョイスだろう。

好みより甘さが際立つドリンクをすすりながら、保は思った。

きっと弓弦は、あの海辺のネズミーランドに行ったらネズミイヤーやネズミハットを堂々とかぶれる人種なのだろう。そして蝶《ちょう》ネクタイと燕尾服《えんびふく》のネズミに遭遇したら記念撮影にいそしむに違いない。

いや、ネズミと記念撮影はたぶん俺もやるんだけど。

「橋は異界につながるから、変なこと考えると危ないよね」

突然がらりと話題が変わり、保は飲んでいたドリンクを噴き出しそうになった。根性で呑《の》み込み、気管に多少入って激しくむせる。

しばらくげほげほ咳《せ》き込んでいると、弓弦はポケットからハンカチを差し出してきた。これもカバによく似たあれの柄だ。

「や、大丈夫、あるから」

一応礼を言いつつ固辞し、保は好奇心に負けて訊《き》いてみた。

「あのさ…こういうの、自分で買うの？」

「いや、もらいもの」

「へえ」

そうなのか。ほっとしたような、がっかりしたような。

「好きだって話をしたら、あちこちから届けられて、たくさんあるんだ」

「へぇ」

「母は面白がってるんだけど、僕としては大量にありすぎるといささか飽きがくるから、どうしようか考えてる」

「へぇ」

相槌《あいづち》を打ちながら、保は瞬《まばた》きをした。

「ん……？」

いま何か引っかかった。

保は眉根《まゆね》を寄せる。

「最近は印伝が好きだって言うようにしてるんだ。そうしたらメガネケースが二十個を超えて、これもどうしたものか考え中」

「へぇ」

「メガネをかけてるからといってメガネケースがそんなに必要かというとそんなにはいらない」

「そりゃそーだ」

「でもせっかくだから替えのメガネをいくつか持とうかと思ってる」

「へぇ」

それはまた、随分と前向きな。

「そういや弓弦くん、視力幾つ？」

「両目2・0」

「へ……？」

思わずまじまじと弓弦を見つめる。

彼はメガネを半分ずらして見せた。

「僕の顔はちょっと特殊だから、あまりさらすなと言われてる。メガネをかけていれば人様に迷惑をさほどかけない」

いや、特殊というか。確かに特殊ではあるが、ちょっとずれているような。

目深にかぶったキャスケットのおかげで目許《めもと》が隠れているからそれほど注目はされていないが、それはメガネがあるから云々《うんぬん》ではない。決してない。

「……そう、なの…？」

「そう」

自信満々の体で弓弦は頷《うなず》くが、あんまり成功していない気がする保である。

「いっそ黒縁の大きめのメガネを作ろうかな。顔が隠れていいかもしれない」

いや、隠れないから。

全力で突っ込みたいが、保の理性がストップをかけた。

「ええと、よくある、メガネをかけると幽霊なんかが視えなくなるからとか、そういうことじゃないんだ」

テレビや小説、マンガの世界では、霊能力があるというわゆる霊能者が、視えすぎるのでそれをセーブするためにメガネをかけている、という話をよく見かける。

　すると弓弦はしかつめらしい顔をした。

「メガネがないとコントロールできないのか。それは随分未熟な能力者だな、大丈夫なんだろうか」

　弓弦は本気で案じている様子だ。

「え、そういうもんじゃないの？」

「少なくとも僕の知っている陰陽師《おんみょうじ》にはいない。メガネをかけているのは還暦を過ぎて老眼がひどいとか、生来の近眼でメガネがないと見えないとか、そういう人だけだ」

　ちなみに弓弦はかけていようとかけていまいと、ごくごく当たり前に視えている。

　保はううむと唸《うな》った。メガネひとつとっても奥が深い。

「あとは、オンとオフの切り替えにメガネを使っている、というケースならわかる。メガネをかけているときはオフの状態だと自分の無意識に刷り込んでおくと、確かに楽」

「じゃ、弓弦くんもそれなのか」

「そうだね。僕はうちではメガネをかけないから」

　うちではかけず、外ではかける、ということか。では、弓弦にとってはうちがオンで外がオフということなのだろうか。

「……」

喉《のど》のところまで出かかった言葉を呑み込み、保は言葉を探した。

啓介の実家である久世家というところは、弓弦の話を断片的につなぎ合わせているだけでも、保の予想をはるかに超えている感じがする。

しかし、訊いていいかどうかがわからない。

胸の奥で様々な感情がせめぎ合い、結局全部呑み込んで腹に収めることにした。

「兄さんの目は、十年以上前にうっかり迷い込んだ変なところで盗《と》られたんだ」

「へぇ」

応じてから、保は瞼《まぶた》を動かした。

「……え?」

背もたれによりかかって足をのばした弓弦は、最初に会ったときのように、足を少し広げてその間に両手をついた。

「あ、保って呼んでいい? 僕も弓弦でいいから」

「あ……あ、どうぞ」

唐突な話題転換に、呆気《あっけ》にとられてつい頷く。

「兄さんはうちの跡継ぎだったんだけど、十年以上前に迷い込んだ先で左目を盗られた。左目を盗ったモノが何かは僕らにはわからない。左目が利かないと、さすがにうちを継がせるのは懸念がある、と周りがうるさく言いだして、僕を担ぎ出そうとする派閥と兄さんを推す派閥で親族が真っ二つに割れそうになって、兄さんは追放された」

「……………………」

澱《よど》みなくすらすらと、かなり重い内容を弓弦は語った。

保は必死に言葉を探した。

「…え、ええと。でも、あのさ、啓介さん、たぶんうちで庭師するの向いてるんだよ。無愛想だし無表情だし口数少ないしおっかない雰囲気だし何考えてるかわかりにくいけど、たぶん楽しいと思う。それに、啓介さん腕良いし、よくわからない変なことじゃなくても啓介さんにって言ってくるお客さんすごく多いし！　だから、久世さんちが啓介さんいらなくても、俺んちは啓介さんいるから！」

自分でも何を言っているのかだんだんわからなくなった保だったが、とりあえず言い切った。

弓弦は瞬きをひとつして姿勢を正した。

「結構ひどいこと言ったな。うちの大事な兄のこと」

「あ、いや、そのっ！」

だって本当のことだし、とはさすがに言えない。

ひたと見据えられて、保は蛇に睨《にら》まれたカエルの気分というものを知った。凄《すさ》まじい美貌《びぼう》というのは、無表情だとこんなにも怖いのか。

だらだらと冷や汗を流して固まっている保に、弓弦が何かを言いかける。

その瞬間、日傘を差した和服の女性がすっと近づいてきて、ふたりの座るテーブルの前で立ち止まった。

保が視線を向けるより早く、淡いブルーの袂《たもと》からのびた手が弓弦の頭をぴしゃりと叩《たた》く。

キャスケットがずれて顔半分が隠れた弓弦に、凛《りん》とした声が飛んだ。

「人様を脅すような真似をするなんて、そんな息子に育てた覚えはない」

両手で頭を押さえた弓弦は、しおしおとうつむいた。

「……ごめんなさい、お母さん」

「えっ？」

顔をあげた保は、ぽかんと口を開けた。

美貌だった。

ああ弓弦の母親だ、とひと目でわかる、壮絶に整った美貌の女性だった。

随分若く見える。三十代になったばかりか、下手をすると二十代。いや待て、弓弦は十九歳なのだ。ありえない。それに啓介の年齢を考えたら、たとえ出産したのが十代であってももう五十かそれ以上のはず。

と、そこまで考えて、保はふっと息を止めた。

弓弦にそっくりな美貌の女性。啓介とこの人はまったく似ていない。

そして保は啓介の母を知っている。あの橋の向こうで、合掌造りの屋敷にいた、二十歳そこそこの容貌の、啓介と目許がよく似ていた日本美人。

まさか。

青ざめていく保の表情から察した様子の女性は、優雅に微笑んだ。

「初めまして。久世朱鷺子《ときこ》と申します」

笑うとますます弓弦とそっくりだ。女性なので朱鷺子のほうが柔和な印象だが、弓弦から険が取れたらうりふたつだろう。

というか、この顔ってこの世にふたつも存在してたのか。すげぇ。

圧倒されるほどの美貌が並ぶ様は壮観だった。

弓弦が席を立って母に勧めると、彼女は礼を述べて流れるように腰を下ろす。

「八王子と吉祥寺の丹羽様には、啓介さんがお世話になっております」

深々と一礼する朱鷺子に、保も慌てて頭を下げる。

「いやあのっ、世話になってるのは俺のほうで、あ、いや、僕の……て、もう遅い。ええと、とにかく、啓介さんのことを追い出したんなら、もうそのままで」

朱鷺子は目を丸くして、声を立てて軽やかに笑った。

「さっきこの子が申しましたのは、あまり我が家の内情を知らないくせに好き勝手な風聞を鵜呑《うの》みにしている輩《やから》がまことしやかにささやいている戯《ざ》れ言ですの」

弓弦が口を尖《とが》らせる。

「僕もちゃんとそう言おうと思ってたのに、お母さんが邪魔したんじゃないですか」

「あら、そうだったの？」

「そうです。保に誤解されたら困る」

重々しく頷《うなず》くと、弓弦は母親を示して言った。

「兄さんたちのお母さんが亡くなったあとに、この人が後妻として久世家に入って、それで僕が生まれた。だから僕と兄さんは年が離れてる」

そこでふうと息をつくと、弓弦は不機嫌になった。

「お父さんが体を悪くしたとき、先妻の子より後妻の子を跡継ぎになんて話が出て、兄さんは兄さんでこれ幸いと家を出ちゃうし、周りは勝手に僕を祭り上げるしで、結構大変なんだ」

隣のテーブルからあいている椅子を引きずってきて、腰を下ろしながら弓弦は眉根《まゆね》を寄せる。

「兄さんの目が戻れば親族も異論は唱えられなくなる。だから、目が戻ったら、うちに帰ってきてほしいと思ってる」

「……」

保は、言葉が出なかった。

啓介の目は戻らなかった。あの場所からここに帰ってくるときに、目を戻したら別のものを置いて行かなければならないと言っていた。

別のものとはなんだろうと、保はずっと考えていた。弓弦に訊《き》いてみようと思ってもいた。

だが、心のどこかで、実はもうわかっていた。

保が帰れなくなるから、啓介は目を諦《あきら》めたのだ。

「…………あの、すみません。俺、そろそろ帰って、夕飯作らないと、なんで……」

ドリンクのカップを持って立ち上がり、ふたりにぺこりと頭を下げる。

「また改めてご挨拶《あいさつ》に伺いますと、草次郎さんにお伝えください」

朱鷺子の言葉に黙って頷き、保はその場をあとにした。


保の背を見送っていた弓弦は、ひとつ瞬《まばた》きをした。

「あれ？　なんだか落ち込んでる？　どうしてだろう」

首をひねる息子の頭を再び叩き、朱鷺子は半眼になった。

「あなたの説明が足りないからです」

「……お母さん、痛いです」

両手で頭を押さえる息子を促して、朱鷺子は立ち上がる。

「さ、帰るわよ。あなた、仕事をそのままにしてきたでしょう。そろそろ限界だとみんなが大騒ぎをしてたわよ」

「あれくらい抑えられなくてどうします」

「あなたの仕事だと言っているんです」

「はい……」

朱鷺子のまとう単《ひとえ》は淡いブルーだ。涼しげな墨絵の竹林が描かれ、帯には白鷺《しらさぎ》が飛んでいる。

弓弦と目が合うと、白鷺は半分呆《あき》れたような、半分憐《あわ》れむような顔をした。

◆　◆　◆

保が店に帰りつくと、接客カウンターに啓介がいて、キーボードを叩いていた。

「お帰り」

保を一瞥《いちべつ》して、またディスプレイに視線を戻す。

「……ただいま」

うまく声が出なくて、応じるのが遅れた。

啓介は手を止めた。

「どうした？」

左目に、毛先がかかっている。

この目が見えないままなのは、自分が橋の向こうに迷い込んでしまったからだ。

あ、まずい。なんか、目が熱い。

慌てて瞬きをすると、ポケットの中で携帯が震えた。メールだ。

「あ、ちょっと……」

啓介に断って携帯をひらくと、香澄からだった。友人に小物作りが趣味の子がいるので、壊れてしまったウサギのストラップを直せるかもしれない、という内容だった。

そして最後にこう添えられていた。

【きちんと謝れば、きっと許してくれると思います】

それはきっと、妹の実梨に、という意味なのだと思う。だがいまの保には、別のひとに、という意味に読めた。

携帯を握りしめて、保は勇気を振り絞った。

「……俺のせいで、目が戻らなくて、ごめんなさい！」

がちがちになりながら頭を下げる。怖くて目は開けられなかった。

しばらくして、足音が近づいてきた。

ますます縮こまった保の耳に、聞こえたのは怪訝《けげん》そうな声だった。

「は？　何がだ？」

保はがばっと顔をあげる。

「だって…、目……」

しばらく保を見下ろしていた啓介は、やがて合点が行ったという様子で瞬きをした。

「何を勘違いしているのか知らないが、俺の目が戻らなかったのはお前のせいじゃない」

「でも、弓弦が……」

呼び捨てになっていることに気づいて、啓介はおや、という目をする。しかしそれには触れず、こう言った。

「あの人が持っていたのは、俺の目じゃない。あれは兄貴だ」

「でも、………え？　兄貴？」

「そう。俺が子供の頃に亡くなった兄貴の…ちょっと説明しづらいな。まぁ、兄貴ということにしておけ。それをお袋が後生大事に持っている」

「いや、でも」

返せるときがとか、不便はないかとか、いろいろとそういうことを言っていたではないか。

そう問うと、啓介は息をついて来客用のソファにどっかと座った。

「兄貴の形見を俺が持っていて、お袋が持っている分がないと色々扱いが難しい。まぁ確かに、あそこであれを渡されたら、お前を連れて帰るのにいささか骨が折れたのは確かだが、目は関係ない」

「関係、ない…？」

だが、弓弦は、啓介の目が戻る、と言っていた。

すると、啓介はいささか渋い顔をした。

「まぁ、当たっていなくもない。半分戻った」

「半分？」

どういうことか訝《いぶか》る保に、左目を押さえながら啓介は説明した。

白い蛾の鱗粉《りんぷん》が目に入ったことで、陰陽師《おんみょうじ》に必要な力は戻った。

即《すなわ》ち、あの橋の向こうにいたようなものたちを視る力だけが、再びこの目に宿ったのである。

保は目を丸くする。

「そんなこと、あるんだ……てか、あの白い蛾の鱗粉が、なんでそんなことになるわけ？」

「さぁ…」

これは啓介本人にもさっぱりわからないようで、本気で首をひねっている。

「まぁ、あの屋敷の屋根にいた蚕だ、そういうことがあっても不思議はないな」

「え……、あれ、蚕？」

「ああ。ちょっと特殊な奴だ。松の木に依《よ》る神の、新しい衣を織る糸を紡ぐための」

松、と呟《つぶや》くと、啓介は目で頷《うなず》く。

啓介の母がまとっていた着物の、松林。背中に描かれた鳥居と社。生きて動いていたあの松。

そしてあのしゃわしゃわという音は、蚕が餌の葉《は》を食む音か。

全部がつながって、途端にどっと疲れた。

保はソファに座り込み、深々と息をつく。

しばらくそうして、ひとつのことに気づき、はっと顔をあげた。

「半分戻ったなら、啓介さん、うちに帰るの⁉」

「いや？　俺がいないほうが丸く収まるしな」

あっさり言い切り、彼はこう付け加えた。

「後妻の子のほうが能力が上だった。先妻の子はとくに跡を継ぎたいわけではなかったので、しっかりものの継母《ままはは》にあとを任せて家を出た。それだけの話だ」

「そう……なの？」

保の眉間《みけん》にしわが寄る。

なんのことはない、当事者にとっては特に問題のない円満な話し合いの末の結論だったのだ。それを、事情をよくわかっていない周りが大事《おおごと》にしてしまった。

ひとつひとつを確かめるようにしながら整理して、保は目をしばたたかせる。

「……ということは」

仕事に戻ろうとした啓介は、その言葉に振り返る。

「ん？」

「啓介さんは、うちには……」

「だから、俺のうちはここだ。いまさらどこに行けと言う」

ため息をついて、しつこいぞと言わんばかりに目をすがめる。そしておもむろに時計をさした。

「で、自分の仕事はどうした、保」

時計を見た保は、げっとうめいて飛びあがる。

慌てすぎて足がもつれ、盛大に転びかけた保の襟首を、予測していた啓介の手が摑《つか》まえる。

首が絞まって咳《せ》き込みながら、保は涙目で恨み言をこぼした。

「せめて…もう少し…苦しくないように……」

「助けてもらっただけでもありがたいと思え」

「ふぇい」

気を取り直した保は、ふと思い出して口を開いた。

「そういえば、あの場所って、結局どこだったわけ？」

啓介はひとつ瞬《まばた》きをして、こう言った。

「さぁ？」

昔話　まどいの辻と片割れの貝

何もないところで、我ながらよくもまあ器用に転ぶものだ。

と、自分に感心しながら、丹羽保はよいしょと起き上がってくるりと体の向きを変えた。

二股《ふたまた》に分かれる道の真ん中で地べたに座ったまま、血がだらだら流れている膝《ひざ》を見て、うわーと目を丸くする。

何もないところで転んだにもかかわらず、こんなにきれいにぱっくり割れるとは。

「やっぱり、かあさんの言うとおり、長ズボンにすればよかったなー」

膝丈の半ズボンは、普段は膝下まで隠れるのだが、うまい具合にめくれてしまったらしい。ああいや、うまくないうまくない。まずいことに、だ。

「あれ？」

何もないところで転んだと思っていたのだが、よくよく見ると、近くに何かが落ちている。これを踏んだかつまずいたかしたらしい。

「こんなのあったかなぁ？」

拾ってみると、土埃《つちぼこり》で汚れた大きな貝だった。ひびが入って、少し欠けている。汚れた内面に絵が描かれていたようだが、ほぼ削れて無残なものだ。

保の手のひらくらいある大きな二枚貝だ。こんなのは初めて見た。

珍しいのでズボンのポケットにそれをしまい、保は立ち上がった。

傷を片手で押さえるが出血は止まらず、向こう脛《ずね》を伝い落ちた血が白い靴下とキャンバス地のスニーカーに染みる。

「あああ、買ってもらったばっかだったのに」

新学期がはじまる頃には履き慣れる予定で、夏休みに入ってすぐの日曜日の今日、おろしたばかりだった。

早く帰って洗わないとと気は急《せ》くのに、ぱっくり膝の割れた足がじんじん痛んでうまく歩けない。

ひょこひょこと片足を引きずっていた保は、ふと立ち止まった。

「…………あれ？」

まっすぐ家に向かっていたはずなのに、いつの間にか知らないところに出ている。

雑木林を突っ切るような道の奥に、見たことのない竹垣があって、青々としたそれがつづく先に竹の枝折戸。

枝折戸の向こうに桃色の布が揺れたのが見えた。人がいる。

桃色の布はひらひらと揺れる振袖《ふりそで》だった。竹垣の奥に大きな日本家屋があって、桃色の振袖を着た女の人が玄関に向かっていく姿が見えた。

「すいませーん」

保はその人に向かって呼びかけた。聞こえなかったのか、どんどん行ってしまう。

「すいませーん、あのー、そこの着物のひとー」

ようやく枝折戸にたどり着き、戸に手をかけて再度呼びかける。

「すいません、入れてください。水道つかわせてください」

振袖をまとった人が足を止め、ゆっくりと振り返る。

保は瞬きをした。わぁ、きれいなおねえさんだ。

桃色の振袖には貝桶《かいおけ》と流水が描かれている。

七歳の保に振袖の柄が貝桶と流水だとなぜわかったか。ちゃんと理由がある。

年始めに親戚《しんせき》の女の子が成人を迎え、あれとよく似た模様の振袖を着て挨拶《あいさつ》に来たからだ。

着物好きの祖母と母が、まぁ貝桶と流水模様だわ色も柄もよく似合って素敵ねぇ、と楽しそうにきゃっきゃと盛り上がっていたのを保は横で聞いていたのである。

ちなみに、かいおけとりゅうすいってなんだ、と考えていた保に、貝桶というのは貝合わせの貝が入っていて、貝合わせというのは……と教えてくれたのは祖父。二枚貝というのは殻がほかの貝の殻とは絶対に合わないので、合うもの同士を選ぶ昔の遊び道具だと言っていた。

華やかな絵付けがされたハマグリの片割れを探す遊び。

ようは昔の神経衰弱だと言われて、なるほどなーと思った。

昔の神経衰弱用遊び道具柄の着物は、そのきれいなおねえさんにとてもよく似合っていた。

その人は振袖を揺らしながら枝折戸に近づいてきた。

「……あの人のお使いでいらしたの？」

「え？」

保は困惑した。おねえさんの言っていることがよくわからない。

「もう遅いのに……」

両手で顔を覆って肩を震わせるその人の袂《たもと》から、二枚貝の片割れがぽろりと落ちた。

「戻ってきたら貝合わせをしようと言ってくださったのに、私はあの人を待てなかった……」

指の間から涙が伝い落ちていく。

「もう一日早く来てくださっていたら、私はこんな振袖を着て別の男の隣に並ばずに済んだのに……たまらなく嫌で……嫌で……だから……もう……」

落ちた貝を見て、保はあっと思った。ポケットにしまった欠けた貝を取り出す。

「それって、もしかしてこれ？」

顔を上げた人は、涙に濡《ぬ》れた目で欠けた貝を見つめる。

「ああ……そう、それだわ……片割れ……あの人の……」

涙に濡れた手をのばすが、枝折戸が邪魔をして貝に届かない。

「あなた、この戸を開けて、こちらに入っていらっしゃい」

手招きをされたが、保はどうしてか躊躇《ためら》った。さっきは自分から入れてくれと言ったのに。

「……ええと、はい」

戸越しに渡そうとするが、その人はゆるゆると首を振る。

「私は、この戸の外に出られない……。もう、出られなくなってしまったの。開けられなくなってしまったの。だから……」

あなたが入っていらっしゃいと、繰り返す面差しが、ふっと青白く見えた。

保を招く手も指も、とても青白い。

違和感を覚えて何とはなしに視線を落とすと、地面に転がった二枚貝が、赤いもので汚れている。

膝の傷からたらたらと流れている血と同じ色が、貝についている。

保は、手の中の欠けた貝と、赤く汚れた貝を見比べた。よく見ると、同じ柄が描かれているような気がした。

渡してあげたほうがいいのかなと思った。思ったときには足が出そうになっていた。

「——その子はだめだよ」

唐突な声に振り向くと、知らない子供が立っていた。

「その子はもう決まっている。だからだめだよ」

ちっと舌打ちがして、枝折戸を顧みようとした保の手から、何かが貝を奪い取った。

振袖が保の視界を覆う。桃色の振袖はいつの間にか、半分以上赤く染まっている。

ぱんっと音がして、二枚の貝が粉々に砕けた。

枝折戸の向こうがぐんにゃりと歪《ゆが》み、血染めの振袖をまとった骸骨《がいこつ》が、かたかたと笑っていた。

「————」

保は目を見開いたまま、竹垣の向こうが消えていくのを見ていた。

へたっとその場に座り込んで声も出ない保に、近づいてきた子供が目を細める。

「だめだよ、保。保はもう、約束しているんだから」

「え……やくそく？」

ゆっくり後退しながら子供は両手を広げた。

「いまは帰っていいよ。その時が来たら迎えに行くから。約束だよ、たもつ――」

急に周りが暗くなって、竹垣も、雑木林も、その子供も、見えなくなっていく。

「うわ……っ……」

保は思わず目を瞑《つぶ》った。

わけがわからない。なんだろう。なにがおこっているんだろう。わからないけど、たまらなくこわい。

こわい。こわい。こわい。こわい。こわい。

こわい。いやだ。

いやだ――。

「――……」

ふいに鳥の声がして、保は恐る恐る目を開けた。

あの二股《ふたまた》の道の真ん中に、保は座り込んでいた。

辺りを見回す。見覚えのある道の真ん中で、この道を行くとうちに帰れるのだ。

膝《ひざ》の痛みが少し和らいでいる。見ると、出血が止まっていた。

白い靴下とキャンバス地のスニーカーは、染みた血が乾いて黒っぽくなっている。

立とうとしたとき、人影が見えた。

「やっと見つけた」

足早にやってくるのは、保の祖父の知り合いの息子だ。親戚の葉月より年上で、確か啓介という名前のおにいさんだった。

「……どうした？」

保の顔を見た啓介は、胡乱《うろん》げに眉根《まゆね》を寄せた。

「えとね、けーすけさん、おれ、さっき……あれ？」

言いかけて、保は首をひねる。自分は何を言おうとしていたのだっけ。

訝《いぶか》しげに首をひねっている保の様子から、啓介は何かを感じたような顔をしたが、口に出しては何も言わなかった。

片膝をついた啓介が手を二回叩《たた》く。

「辻《つじ》で転ぶのは危ない。へたをすると惑う」

道が交わる辻では時折界と界が交差するのだと、啓介は難しい言葉をつづける。

保はうんと頷《うなず》いた。啓介の言っていることの意味はよくわからなかったが、二股の道で転ぶのは危ないということだけはわかった。

啓介に手を引かれて、保は立ち上がる。

——待ってるよ、保……

耳のそばで響いた声は、保の記憶には残らず、するりと流れて消えていった。

本書は、二〇一四年四月に小社より刊行された単行本に
書き下ろし掌編を加え、文庫化したものです。

吉祥寺《きちじょうじ》よろず怪事《あやごと》請《うけ》負《おい》処《どころ》

結城光流《ゆうきみつる》

平成29年 4月25日　初版発行

発行者●郡司 聡

発行●株式会社KADOKAWA
〒102-8177　東京都千代田区富士見2-13-3
電話 0570-002-301（ナビダイヤル）

角川文庫 20306

印刷所●株式会社暁印刷　製本所●株式会社ビルディング・ブックセンター

表紙画●和田三造

ISBN978-4-04-105497-0　C0193